오늘의 민수

오늘의 민수

제1판 제 1쇄 2017년 5월 12일
제1판 제19쇄 2023년 10월 20일

지은이 김혜정
펴낸이 이광호
펴낸곳 ㈜문학과지성사
등록번호 제1993-000098호
주소 04034 서울 마포구 잔다리로7길 18 (서교동 377-20)
전화 02) 338-7224
팩스 02) 323-4180(편집) 02) 338-7221(영업)
전자우편 moonji@moonji.com
홈페이지 www.moonji.com

ISBN 978-89-320-3005-0 43810

이 도서의 국립중앙도서관 출판예정도서목록(CIP)은 서지정보유통지원시스템 홈페이지(http://seoji.nl.go.kr)와 국가자료공동목록시스템(http://www.nl.go.kr/kolisnet)에서 이용하실 수 있습니다.(CIP제어번호: CIP2017010405)

김혜정 장편소설

늙은 민수

문학과지성사

차례

1부 뜻밖의 여름방학

2부 우리가 살고 있는 시간

1부 뜻밖의 여름방학

철 좀 들어라

바깥에서 덜그럭거리는 소리에 잠이 깼다. 1층에 누가 와 있는 듯하다. 눈이 건조해서 잘 떠지지 않는다. 민수는 침대맡에 둔 인공 눈물을 양쪽 눈에 두 방울씩 넣은 다음에야 제대로 눈을 떴다.

1층으로 내려가 보니 누나 자령이 거실 탁자 위를 정리하고 있다.

"그냥 놔둬요."

"아주 자알한다. 이게 뭐냐? 또 게임하다가 늦게 잤지? 건강에 안 좋다고 컵라면도 좀 작작 먹으라 했잖아. 과자에 컵라면에, 하여간."

"내가 치운다고."

민수가 자령이 서 있는 탁자 쪽으로 갔다. 손이 빠른 자령은 벌써 어질러졌던 거실을 다 치워가고 있다. 게임기 선과 스틱은 가지런히 정리되었고, 과자 봉지는 이미 쓰레기통에 들어갔다. 자령은 청소기를 가져와 바닥을 밀었다.

"게임 좀 작작 해."

윙윙대는 청소기 소리에도 불구하고 자령의 잔소리가 똑똑히 다 들렸다.

"친구가 재밌다고 해서."

"그래서 몇 시까지 했어?"

"그냥 뭐."

"2시?"

민수는 게임기에서 시디를 꺼내 케이스에 넣으며 딴청을 피웠다.

"3시?"

민수는 열려 있는 창문 밖으로 고개를 내밀었다.

"설마 4시? 그럼 그렇지. 그때 잤으니 해가 중천에 뜬 지금까지 못 일어나고 있지. 너 지금 몇 신 줄 알아?"

"11시네."

민수가 벽에 걸린 시계를 흘끔 보며 대답했다.

"아주 말은 잘하지."

자령이 청소기 헤드를 들고 위협하는 바람에 민수는 뒤로 물러났다.

"하여튼 내가 너 때문에 못 살아. 도대체 언제까지 이럴 거야? 일찍 좀 자고, 일찍 일어나라고. 밥도 좀 제때 먹고. 그동안 너 계속 이렇게 지냈던 거지?"

"그만 좀 해요."

"뭘 그만해? 너나 그만해, 이 녀석아."

"내가 잔소리 들으러 여기 왔는지 알아요? 자꾸 이러면 나 여기 못 있어."

"그럼 어쩔 건데? 갈 거야? 갈 거냐고!"

민수는 끙 하고 신음 소리만 낼 뿐 더는 말을 하지 않았다. 계속 대거리를 했다가는 싸우고 말 거다.

"이건 또 뭐야?"

자령은 책꽂이 틈에서 발견한 걸 꺼내 민수 눈앞에 대고 흔들었다. 민수는 아차 싶었다.

"너, 내가 담배 피우지 말랬지! 나한테 안 피운다고 했어, 안 했어?"

"줘요."

민수는 자령의 손에서 담뱃갑을 낚아채 다시 책꽂이에 끼웠다. 그러자 자령은 곧바로 담뱃갑을 꺼내더니 안에 든 담배를 모두 반으로 부러뜨려 쓰레기통에 넣었다.

"아깝게, 그걸 왜……"

"아깝긴 뭐가 아까워, 이 녀석아! 다신 피우지 마. 피우지 말라고!"

분이 안 풀린 자령은 급기야 주먹으로 민수의 머리를 콩 하고 때렸다. 민수는 아프다고 화를 내며 자령을 노려보았다.

"가자미눈을 하고 보면 어쩔 건데?"

"아, 진짜! 제발 좀 그만해! 언제까지 이럴 거야?"

"죽을 때까지 이럴 거다. 어쩔래?"

"누나! 내가 언제까지 누나한테 애 취급 받아야 하는데? 내 나이가 몇인 줄 몰라요?"

"안다, 이 녀석아. 쪼그만 게 어디서 나이 타령이야."

"쪼그맣다니? 나도 예순이 넘었다고!"

민수가 소리를 빽 질렀고, 그때 현관문이 열리며 최 피디가 들어왔다.

"여사님 와 계셨네요. 오늘 감독님 인터뷰가 있어서요."

최 피디가 고개를 숙여 자령에게 인사했고, 자령은 아무 일도 없었다는 듯 최 피디를 보며 활짝 웃었다.

"최 피디, 나한테 이러기야? 김 감독 담배 피우면 나한테 알리라고 했잖아."

"아, 그게……"

최 피디는 민수, 그러니까 김 감독의 눈치를 보며 제대로 대답하지 못했다.

"나 담배 피울 거야. 내가 왜 누나 눈치 보느라 담배 하나 못 피워?"

"너 작년에 폐 시티 결과 뭐라고 나왔어? 의사가 계속 담배 피우면 폐암 걸리는 거 시간문제라고 했잖아. 그래도 계속 피울 거야? 어휴, 내가 죽어야지. 내가 죽어야 이런 꼴 안 보지."

"아, 누나 왜 또 그래요."

"내가 너무 오래 살았어. 다 내 탓이지, 뭐."

김 감독은 한숨을 푹 내쉬었다. 자령을 그대로 놔두었다간 더한 이야기가 나올 거다.

"알았어요. 다신 안 피워요. 그럼 됐죠?"

자령은 김 감독 대신 최 피디를 바라보았다.

"최 피디, 분명 김 감독이 말한 거야. 그러니까 앞으로 김 감독 담배 피우면 바로 나한테 보고해."

말을 마친 자령은 주방으로 들어갔다. 김 감독은 담배를 좀 줄이든지 해야겠다고 생각했다. 자령의 감시가 무서워서가 아니라, 폐암이란 말에 조금 움찔했다. 젊은 날에는 술, 담배 하면 암에 걸린다느니 일찍 죽는다느니 아무리 말을 들어도 귀에 전혀 박히지 않았다. 그건 정말 먼 미래의 이야기니까. 그런데 어느새 김 감독은 그 시간 위에 서 있었다.

"점심 먹고 갈 거지? 최 피디, 그럴 시간 되지?"

자령이 거실 쪽으로 고개를 내밀고는 물었다.

"네, 됩니다."

최 피디가 주방을 향해 큰 소리로 대답했다.

"감독님, 오늘 2시 인터뷰니까 1시에는 출발해야 해요."

"알았다고."

김 감독은 말은 그렇게 하면서 소파 위에서 일어날 생각을 하지 않았다. 최 피디는 안절부절못했다. 이러다가 인터뷰를 안 하겠다고 하는 게 아닐까 걱정이다.

김 감독은 인터뷰를 무척 싫어한다. 영화 개봉을 앞두고 홍보를 위해 어쩔 수 없이 해야 하는 경우를 제외하고는 대부분의 인터뷰를 거절한다. 다른 감독들이 영화 홍보를 위해 들어오는 인터뷰를 마다하지 않고 다 하는 것과 달리, 김 감독은 첫 시사회와 개봉 당일 딱 두 번 공식 행사의 인터뷰만 한다. 방송에 출연하는 것도 질색이라 거의 나간 적이 없다. 그래서 사람들은 김 감독을 '불친절한 피터 씨'(김 감독은 '피터 김'이라는 이름으로 작품 활동을 하고 있다)라고 부른다.

오늘 인터뷰는 영화 홍보와는 관계없다. 일본에서 활동 중인 김 감독이 한국에 들어왔다는 이야기를 들은 많은 언론사에서 인터뷰를 요청했다. 5년 전, 김 감독은 한국인 최초로 아카데미 시상식에서 애니메이션 부문 작품상을 수상했고, 그 이후로 작품뿐 아니라 생활도 주목을 받았다. 김 감독은 쇄도하는 인터뷰 요청을 대부분 다 거절했다. 하지만 오늘은 한 학기 동안 특강을 나가기로 한 대학교에서 특별히 부탁을 해와 어쩔 수 없었다.

"감독님, 이제 슬슬 준비하셔야 하지 않을까요?"

최 피디가 눈치를 보며 말했다. 하지만 김 감독은 여전히 소파에 기대어 앉아 있다. 최 피디는 아무래도 안 되겠다 싶어 주방으로 갔다. 주방에서는 자령이 냄비에 북어를 넣고 달달 볶고 있었다.

"여사님, 어쩌죠? 감독님이 아직 준비를 안 하고 계시네요. 시간이 그리 넉넉하지 않은데 말이죠."

"하여튼 이 녀석을 그냥……"

자령은 도마 위에 놓인 대파를 들고 거실로 나갔다.

"너 점심 안 먹고 갈 거냐?"

"먹을 거예요."

"이렇게 늑장 피우다간 점심 못 먹고 갈 텐데? 늙은 누나가 괜히 상 차리는 게 아닐까 싶다."

"걱정 마요. 먹고 갈 거예요."

김 감독이 느긋하게 말했다.

"그럼 얼른 준비해야지."

자령은 최대한 차분한 목소리로 타일렀다.

"아, 진짜 가기 싫은데."

결국 김 감독이 속마음을 드러냈다.

"아니, 강의만 하면 됐지 무슨 홍보까지 하라는 거야? 이건 약속이랑 다르잖아. 봉식이가 분명 그랬어, 안 그랬어? 조용히 학생들만 가르치면 된다며. 내가 그래서 하겠다고 한 거잖아. 그때 최피디도 분명히 들었지?"

봉식은 김 감독의 오랜 친구로, 이번에 김 감독이 강의를 나가기로 한 대학의 직원이다. 이번 특강도 봉식의 간곡한 요청 때문에 하게 되었다.

"네. 박 실장님께서 그렇게 말씀하셨죠. 하지만 감독님이 워낙 유명하시니까 학교 입장에서는 이런 홍보 기회를 놓칠 수 없을 거예요. 이번 딱 한 번만 인터뷰해주세요. 그러면 기자들도 더 이상 귀찮게 안 할 거예요. 처음이자 마지막이라고 생각하시면 돼요. 저도 인터뷰 절대 안 잡을게요."

사실 최 피디 입장에서도 인터뷰는 별로 반갑지 않다. 쏟아지는 요청을 거절하는 것보다 김 감독을 설득하는 일이 훨씬 힘이 들기 때문이다. 일본에 있을 때는 오히려 거절하는 일이 어렵지 않았다. 욕을 좀 먹더라도 '죄송합니다'라고 말하면 된다. 하지만 한국에서는 사정이 다르다. 사돈의 팔촌의 친구의 옆집 사람이라는 '지인 찬스'를 사용해 계속 연락이 온다. 거절하면 "아, 그거 하나 연결 못 해줘? 우리가 남이야?"라며, 사실은 남이 맞는데도 도리어 화를 낸다.

"너 계속 이럴 거야? 다른 사람도 아니고 봉식이 부탁인데? 봉식이네 아니었으면 나 가게에서 쫓겨났어. 그러면 우리 식구 다 길바닥에 나앉았다고."

자령이 옛이야기를 꺼냈다. 김 감독이 중·고등학교를 다닐 때 자령은 봉식이네 건물에 세를 살며 장사를 했다. 책만 볼 줄 아는 무능력한 아버지와 남한테 아쉬운 소리 못 하는 어머니를 대신해 자령은 집안의 실질적인 가장이었다. 자령은 중학교를 졸업한 후 방직 공장에 다니며 돈을 모았고, 20대 초반 그간 모은 돈으로 시장에 건어물 가게를 열었다. 장사가 안 돼 몇 차례 임대료가 밀리는 일이 있었지만, 김 감독과 봉식이 친한 친구라는 이유로 봉식의 부모님은 뭐라고 한 적이 없었다. 덕분에 자령은 건어물 가게를 계속 운영할 수 있었다.

"그래서 누나도 할 만큼 했잖아. 개네 집 망해서 봉식이 대학 등록금 없어 쩔쩔맬 때 도운 게 누군데? 그러니까 이제 그만 좀 얘기해. 옛날얘기 지겹다고."

"너 말 아주 이쁘게 한다."

자령은 이를 악문 채 미소를 지으며 말했다. 김 감독은 누나가 화를 참고 있다는 걸 알아차렸고, 바로 화를 낼 때보다 이렇게 참다 참다 폭발하면 더 무섭다는 걸 알기에 얼른 소파에서 일어났다.

"아, 준비해요, 준비해. 누가 안 한대?"

김 감독이 욕실로 들어갔다. 그제야 최 피디는 안도의 한숨을 내쉬었다. 사실 오늘 자령을 부른 건 최 피디다. 이런 일이 벌어질 줄 알고, 미리 자령에게 와달라고 부탁했던 것이다. 고집불통 안하무인 김 감독이 유일하게 말을 듣는 상대는 바로 누나 자령이다.

김 감독이 올해 하반기를 한국에서 머물기로 한 건·사실 자령 때문이다. 자신의 유년을 떠올리기 위해 모국인 한국에서 지내며 다음 시나리오를 집필할 계획이라고 했지만, 자령의 건강이 좋지 않다는 이야기를 듣지 않았다면 오지 않았을 거다. 매년 김 감독은 열흘에서 한 달 정도 한국에 자령을 보러 온다. 올해 만난 자령은 작년과 달랐다. 김 감독보다 여덟 살이 많은 자령은 올해 일흔 살이 되었고, 노화는 서서히 오는가 싶다가도 어느새 계단식으로 훅훅 진행되었다. 올해 자령은 계단 하나를 더 밟고 내려갔다.

한국에 머무는 동안 김 감독은 내후년 개봉을 목표로 쓰고 있는 시나리오의 수정 작업을 할 계획이다. 새로운 곳에 머물다 보면 막혔던 부분이 뚫릴지도 모른다.

한 시간여의 인터뷰가 끝났다. 오는 길 내내 툴툴거리던 것과 달리 김 감독은 기자들의 질문에 친절히(물론 다른 감독들에 비하면 부족하지만, 평소 태도를 생각하면 제법 친절했다) 답을 했다. 사전 약속을 어기고 차기 작품에 대해 질문하는 기자가 있어 최 피디가 순간 긴장했지만, 다행히 김 감독은 "선물이 뭔 줄 미리 알면 재미없잖아요"라고 말하며 화를 내지 않고 잘 넘겼다. 김 감독은 준비 중인 영화에 대해 이야기하는 걸 끔찍이 싫어한다. 한번은 시나리오 작업 중인 영화 줄거리가 외부로 유출된 적이 있었는데, 아예 그 영화 작업을 중단했다. 영화 작업을 비공개로 진행하는 건 김 감독의 오랜 불문율이다.

"정말 수고 많으셨어요, 감독님."

최 피디가 말했다. 김 감독과 최 피디는 홍보실 직원이 건넨 생수를 벌컥벌컥 들이켰다.

"오늘 내가 얼마나 잘했는지 꼭 누나한테 보고하게. 자네 우리 누나한테 보고하는 거 좋아하니까."

물을 마시던 최 피디는 목에 사레가 들렸다. 최 피디가 손사래를 치며 그게 아니라고 했지만 캑캑거리느라 말이 제대로 나오지 않았다.

강당을 나와 주차장 쪽으로 걸어가고 있는데, 두 명의 소년이 김 감독 앞을 막아섰다. 한 소년은 이목구비가 뚜렷하고 수수깡처럼 키가 크고 말랐다. 또 다른 소년은 큰 머리와 그보다 더 큰 몸에 붙은 목, 팔, 다리가 무척 짧아 마치 눈사람이 사람 흉내를 내고 있는 듯했다.

"피터 김 감독님 맞으시죠? 안녕하세요, 저는 주민수라고 해요. 감독님께 부탁드릴 게 있어서 이렇게 찾아왔어요."

키가 큰 아이가 다가서며 말하자, 최 피디가 그 앞을 가로막았다.

"학생들, 이러면 안 돼요. 감독님이 바쁘셔서요."

"잠시만 제 이야기를 들어주세요. 10분만, 아니 5분만이요."

최 피디에게 붙잡힌 소년이 김 감독을 바라보며 사정을 했다. 김 감독은 최 피디에게 알아서 해결하라는 무언의 눈빛을 보낸 후 앞을 향해 걸었다.

"아저씨! 제발 부탁드릴게요. 저 감독님이랑 잠깐만 이야기할 수 있게 해주세요. 제발요!"

최 피디 팔에 매달린 소년은 자신이 찾아온 사정을 이야기했다. 최 피디는 잠시 고민에 빠졌다.

"학생, 몇 살이죠?"

"열다섯이요."

"잠깐만 여기 있어요. 내가 감독님이랑 이야기하고 올게요."

최 피디는 김 감독에게 갔다. 인상을 쓰며 최 피디의 말을 전해 듣던 김 감독의 표정은 최 피디가 말을 할수록 점점 더 찌푸려졌다.

뜻이 있는 곳에 길이 있나니

"정말 잘됐다. 그치? 어쩜 이렇게 일이 쉽게 풀리냐? 우리 별로 기대 안 했잖아. 대박!"

지하철을 타고 오는 내내 경진이 종알종알거렸다. 민수도 믿기지 않는 건 매한가지다. 아직도 얼떨떨한 민수는 지하철이 정차하는 걸 모르고 있다가 균형을 잡지 못해 넘어질 뻔했다. 급하게 정신을 차려 손잡이를 잡아 다행히 넘어지진 않았다.

"근데 그 감독 엄청 괴팍하다고 하지 않았어? 어떻게 순순히 네 부탁을 들어준 거지? 그 피디 아저씨가 감독 위에 있는 사람인가?"

경진의 말대로 민수는 큰 기대를 하지 않았다. 하지만 손 놓고 가만히 있을 수는 없었다. 자그마치 150만 원이었기 때문이다.

2주 전, 엄마 앞으로 경찰서에서 통지서가 하나 날아들었다. 저

작권법을 위반하였다며 경찰서로 오라는 내용이었다. 그걸 본 엄마는 요즘은 보이스 피싱을 이런 식으로도 다 한다며 무시했다. 하지만 진짜로 경찰서에서 온 게 맞았다. 고소인은 한 법무법인이었다. 인터넷에서 영화를 불법 다운로드 받았다는 이유로 고소를 당한 것이었다.

엄마는 그 사이트를 알지도 못한다며 가입조차 한 일이 없다고 했지만, IP 주소가 민수네 집이었다. 민수가 엄마의 이름과 주민번호를 이용해 가입한 후 김 감독의 애니메이션을 다운로드 받은 것이 문제였다. 민수는 친구들이 영화나 드라마, 예능 프로그램을 다운 받아도 별문제가 없는 것을 보고 따라 했다. 게다가 몇백 원이지만 소액으로 결제까지 했기에 불법인 줄 몰랐다.

경찰서에서는 고소를 취하하려면 합의금을 내는 수밖에 없다고 했다. 민수는 엄마에게 너무나 미안했다. 엄마가 돈을 벌기 위해 얼마나 힘들게 일하는지 누구보다 잘 알고 있기 때문이다.

민수는 어떻게든 이 일을 해결하고 싶었다. 그러다 인터넷 검색으로, 오늘 한국대에서 피터 김의 인터뷰가 있다는 것을 알게 되었다. 민수는 밑져야 본전이라는 생각으로, 아니 사실은 어떻게든 합의금을 없애거나 줄여볼 요량으로 무작정 한국대로 찾아갔다. 친구 경진이 의리의 사나이인 자기가 같이 가주겠다고 했다.

사진으로만 보던 김 감독을 직접 보는 순간, 민수는 다리가 후들거렸다. 사진보다 인상이 훨씬 더 강했다. 김 감독은 한 마리 호랑이 같았다. 은발에 가까운 머리카락, 부리부리한 눈과 처진 볼 살, 그리고 넓은 어깨와 꼿꼿한 허리까지. 민수가 어쩔 줄 몰라 하고 있는데 경진이 민수의 등을 밀었다. 그제야 민수는 앞으로 튀어나가며 정신을 차렸다. 혹여 김 감독이 이야기를 들어주지 않을까 봐 자신의 사연을 담은 손 편지까지 써 온 터였다.

예상대로 김 감독에게 직접 이야기할 기회는 없었다. 민수는 자신을 가로막는 남자 때문에 김 감독을 제대로 마주할 수조차 없었다. 그래서 되는대로 남자에게 사정을 이야기했다. 무슨 일이든지 다 할 테니 제발 고소만 취하해달라고 부탁했다. 남자는 잠시 기다리라고 말한 후 다시 돌아왔다.

"그럼 대신 아르바이트할래요?"

민수는 무슨 일인지 알지 못했지만 무조건 그러겠다고 고개를 끄덕였다. 옆에서 경진이 손가락으로 민수의 옆구리를 쿡쿡 찌르며 "야, 이상한 거면 어떡해"라고 했지만, 민수는 고소만 취하할 수 있다면 뭐든 다 할 수 있었다.

남자는 자신을 영화 제작을 담당하는 피디라고 소개한 후 명함을 주었다. 앞면에는 영어로, 뒷면에는 한글로 피터 스튜디오 최석현 피디라고 적혀 있었다. 최 피디는 지금 여름방학이냐고 물었고, 민수는 그렇다고 대답했다. 엊그제 여름방학을 했다. 최 피디는 김 감독의 작업실에 와서 하루 세 시간씩 심부름을 하면 된다고 했다.

"근데 너한테 막 이상한 거 시키는 건 아니겠지? 고소를 그렇게 쉽게 취하해준다는 게 좀 수상하긴 해. 막 나이 든 사람 중에 변태

들 있다잖아."

"설마. 너도 참, 말이 되는 소리를 해."

경진은 아무래도 걱정된다고 계속 중얼거렸다. 경진이 혼자 말하고 있는 걸 보면 마치 랩 하는 것 같다. 말이 엄청 빠르기 때문이다. 경진이 하는 말을 못 알아듣겠다는 아이들도 꽤 많지만, 민수는 초등학교 4학년 때부터 경진을 알고 지냈기에 95퍼센트 이상 알아듣는다. 사실 민수도 5퍼센트는 무슨 말인지 몰라 그냥 알아들은 척한다. 뭐라고? 하고 물어볼 정도로 중요한 말이 아닌 것 같아 되묻지 않을 때가 종종 있다.

"야, 그만 내리자."

지하철이 멈췄고, 민수가 경진의 팔을 툭 쳤다. 잠시 후, 둘은 지하철 개찰구를 빠져나왔다.

"아, 엄청 덥다. 우리 아이스크림 먹고 가자."

"좋아. 내가 살게."

둘은 지하철역 바로 앞에 있는 편의점 문을 열고 들어갔다.

"짠수 네가 웬일이냐? 아이스크림을 다 사준다 하고?"

"왜 이래? 나도 쓸 때는 쓰는 남자라고."

민수는 경진에게 먹고 싶은 아이스크림을 마음대로 고르라고 했다.

"그럼 나 콘 먹어도 돼?"

"당연하지."

"이거 1,500원인데? 진짜 괜찮아?"

경진이 냉동고 안에 든 콘 아이스크림과 민수를 번갈아 쳐다봤다.

"물론. 그거 먹어."

"대박! 살다 살다 이런 날이 다 있다니!"

경진이 냉동고 문을 열어 초코 맛 콘 아이스크림을 하나 꺼냈다. 민수는 700원이 더 싼 막대 아이스크림을 고르려다가, 에잇 기분이다, 하며 경진이 고른 것과 같은 걸 꺼냈다.

"3천 원입니다."

민수는 지갑을 꺼내 천 원짜리 세 장을 편의점 점원에게 내밀었다. 3천 원이면 민수의 일주일 용돈이지만, 오늘 이 정도는 충분히 쓸 수 있다.

"우와, 달다, 달아. 짠수가 사준 거라 더 맛있네."

경진이 혀로 아이스크림을 핥으며 말했다. '짠수'는 경진이 붙인 민수의 별명이다. 민수가 워낙 짠돌이라 짜다는 의미에서 짠수라고 부르는 건데, 여자아이들은 그걸 '찬수'(차가운 민수)라고 제멋대로 오해해서 들었다. 경진은 말이 빠를 뿐만 아니라 혀도 조금 짧은 편이라 발음이 불명확하다.

"하여튼 여자애들이 짠수의 실체를 알아야 하는데. 찬수라니 완전 어이없다니까."

민수가 짠돌이라는 건 경진만 알고 있다. 민수가 다른 남자아이들과 함께 피시방에 가지 않는 것도 게임하는 게 유치해서가 아니라, 실은 피시방비가 아까워서이다. 동전으로 홀짝 게임을 하지 않는 것도 장난이 싫어서가 아니라 혹여 돈을 잃을까 봐서고, 매점에 들락날락하지 않는 건 군것질을 싫어해서가 아니라 쓸데없이 돈 쓰는 게 싫어서다. 학원에 다니지 않는 것 역시 혼자 공부하기 위해서가 아니라 학원비가 아깝기 때문이다. 이건 다 경진만 알고 있는 민수의 비밀이다.

"아무래도 오늘 일기 쓰고 자야겠다. 짠수가 1,500원짜리 아이스크림을 사준 기적적인 날,이라고 말이야. 돈 아까워 여친도 안 사귀는 녀석한테 이 비싼 아이스크림을 다 얻어먹고. 흐흐."

민수는 울먹거리던 보리의 모습을 떠올렸다. 보리는 잘 지내고 있을까? 그날 이후로 연락을 하지 않았다. 아니, 못 했다. 어찌 보리에게 연락할 수 있겠는가. 이제 더 이상 보리와 문자를 주고받을 수도, 만화 이야기를 할 수도 없을 거다.

"참, 너 초등학생 때 피터 김 감독 영화 보고 와서 피터 김처럼 되고 싶다고 하지 않았냐?"

경진은 초등학생 때 일을 아직도 기억하고 있었다.

"그게 언제 적 일인데."

"하긴. 그게 어디 쉽겠냐."

아이스크림을 다 먹은 후 민수는 경진과 헤어졌다. 집 앞에 거의 도착했을 때 최 피디에게 전화가 왔다.

"여보세요."

"나 최석현 피디야. 앞으로 자주 볼 테니 편하게 말해도 되지?"

백곰처럼 생긴, 유난히 얼굴이 하얗고 덩치가 큰 최 피디 얼굴이 떠올랐다.

“내일부터 올 수 있니?”

“네.”

“그럼 내가 문자로 약도 보내줄 테니까 찾아와라.”

“저기, 그런데 제가 무슨 일을 하면 되나요?”

민수는 어떤 일이든지 시키는 건 다 하겠다고 말은 했지만 궁금했다. 경진의 말도 조금은 신경 쓰였다. 아까는 말도 안 되는 소리라고 했지만, 혹시나 그런 거라면 몹시 곤란하다.

“어려운 건 아니야. 잔심부름하는 정도니까 부담 갖지 말고 오렴. 그럼 내일 보자.”

“저기요.”

민수는 전화를 끊기 전에 최 피디에게 부탁을 하나 했다. 최 피디는 꼭 그런 것까지 해야 하느냐고 물었지만, 확실히 해두는 게 좋을 것 같았다. 최 피디는 알겠다며 내일 해주겠다고 했다.

민수는 1시 40분이 조금 안 되어 김 감독 작업실에 도착했다. 2시까지 오라고 했지만, 혹시 늦을까 봐 일찍 출발했다. 버스를 타고 집에서 여기까지 30분 정도가 걸렸다.

작업실은 회색 2층집이다. 집 앞에 나무 울타리가 죽 쳐져 있었는데, 대문이 열려 있어 바로 들어갈 수 있었다. 민수는 현관문 초인종을 누르는 대신 최 피디에게 전화를 걸었다. 최 피디는 아직 도착 전이라며, 김 감독이 작업실에 있을 테니 먼저 들어가 있으라고 했다.

민수는 초인종을 눌렀다.

"누구세요?"

인터폰으로 김 감독의 목소리가 흘러나왔다.

"안녕하세요. 저는 오늘부터 아르바이트를 하기로 한 주민수입니다."

"에잇, 귀찮아."

인터폰에서 나오는 소리를 듣고 민수가 흠칫 놀라는데 문이 열렸다. 민수는 문을 열고 안으로 들어갔다. 널따란 거실에 나무로 된 커다란 책상이 제일 먼저 눈에 띄었다. 가로 길이가 족히 4미터는 넘어 보였다.

"안녕하세요, 감독님."

소파에 앉아 있던 김 감독은 민수를 바라보는 둥 마는 둥 했다.

"최 피디 올 때까지 저기 주방에 가 있어라."

"네."

민수는 시키는 대로 주방으로 들어갔다. 그러곤 식탁 앞에 앉은 채 고개를 내밀어 거실 쪽을 바라보았다. 김 감독은 책상으로 자리를 옮겨 앉더니, 노트를 펼쳐놓고 잠깐잠깐 무얼 적다가 턱을 손에 괴고 한참을 움직이지 않았다.

아무것도 하지 않고 가만히 있는 건 생각만큼 쉬운 일이 아니다. 하지만 김 감독이 주방에 있으라고 했으니 여기 가만히 앉아 있어야 한다. 지루해진 민수는 두 팔을 들어 기지개를 켰다. 시간

때우기에는 스마트폰으로 인터넷을 하는 게 딱이지만, 민수는 와이파이가 되지 않는 곳에서는 절대 인터넷을 하지 않는다. 민수는 계속 2G폰을 썼는데, 2학년이 되면서 엄마 친구인 선주 이모가 쓰던 스마트폰을 주었다. 이모는 새것을 사주지 못해 미안하다고 했지만, 민수는 스마트폰을 쓰게 된 것만으로도 좋았다. 하지만 집이 아닌 곳에서는 스마트폰을 쓸 일이 없다. 제일 싼 요금제를 사용하기 때문이다.

2시가 조금 넘었을 때 현관문이 열리며 최 피디가 들어왔다. 인사하는 소리를 듣고 민수는 현관으로 나갔다.

"안녕하세요."

"어, 왔구나. 뭐 하고 있었어?"

"네? 그냥……"

최 피디는 김 감독과 민수를 번갈아 보았다. 방금 전까지 어떤 상황이었을지 짐작한 표정으로 최 피디는 민수를 데리고 김 감독에게 갔다.

"이제부터 감독님 심부름을 하면 돼. 내가 매일 오지는 못하거든. 일본에도 자주 왔다 갔다 해야 하고. 나 대신 감독님이 시키는 일을 좀 해줘. 뭐 어렵진 않을 거야. 커피와 빵 심부름이나, 문서 정리하는 작업 같은 게 대부분이야."

최 피디는 김 감독에게도 간단한 심부름은 민수를 시키라고 말했다. 김 감독은 알았다는 대답 대신 이번에도 귀찮다고 했다.

"따라오렴."

민수는 최 피디를 따라 주방으로 들어갔다.

"감독님은 오후 3시쯤 커피를 드실 거야. 에스프레소를 드실지, 아메리카노를 드실지 여쭤봐. 커피 머신은 이거야. 작동하는 방법을 알려줄게."

싱크대 위에 검은색 커피 머신이 있었다.

"저기, 에스프레소는 뭐고 아메리카노는 뭐예요?"

"아직 그걸 모르는구나. 봐봐."

최 피디가 커피 머신의 전원 버튼을 누른 후 은색 뚜껑을 열고, 유리통에서 캡슐을 꺼내 그 안에 넣었다. 그러고는 머신 바닥에 인형 컵으로나 쓸 것 같은 작은 커피 잔을 올려놓은 뒤 버튼을 눌렀다.

"에스프레소는 이렇게 커피 원액만 나온 거야. 양이 적지?"

"네."

"여기에 물을 타면 아메리카노가 되는 거고. 저기 정수기 물을 넣으면 돼. 따뜻한 아메리카노를 달라고 하시면 뜨거운 물을, 차가운 아메리카노를 달라고 하시면 차가운 물을 붓고 얼음을 넣으면 돼. 한번 해볼래?"

"네."

"그럼 지금 가서 감독님한테 여쭤보고 와. 어떤 커피를 드실지 말이야."

"지금요?"

"그래, 지금."

민수는 김 감독이 조금 무서웠다. 하지만 이 일을 하지 않으면 고소 취하는 무효가 될 거다.

"저기, 감독님. 어떤 커피로 준비할까요?"

"쳇, 내가 혼자 커피도 못 마실 줄 알고? 최 피디 녀석, 사람을 아주 귀찮게 한단 말이야."

김 감독이 툴툴거렸지만 민수는 주눅 들지 않고 다시 말을 걸었다.

"아무래도 날이 더우니까 차가운 아메리카노가 낫지 않을까요?"

"아니. 뜨거운 아메리카노로 가져와라. 커피는 뜨겁게 마셔야 제맛이지."

"네. 알겠습니다."

주방으로 돌아간 민수는 그래도 주문을 받았으니 다행이라고 여겼다.

민수는 최 피디가 보는 앞에서 커피를 만들었다. 아까 최 피디가 한 것처럼 뚜껑을 열어 캡슐을 넣었다. 그런 뒤 커피 잔을 바닥에 내려놓고 버튼을 눌렀다. 윙윙거리는 소리와 함께 졸졸 커피가 나왔다. 민수는 커피 잔을 들고 정수기 쪽으로 가서 뜨거운 물을 부었다. 그다음 싱크대 위에 세워져 있는 쟁반 여러 개 중 제일 작은 걸 꺼내 커피 잔을 올렸다. 최 피디가 민수에게 눈짓으로 김 감독에게 가져다드리라는 신호를 주었다. 민수는 쟁반을 들고 김 감독 앞으로 갔다.

"감독님, 드세요."

커피 잔을 책상 위에 내려놓는 민수의 손이 덜덜 떨렸다. 민수는 김 감독이 커피 잔을 드는 걸 본 후 다시 최 피디가 있는 주방으로 들어왔다.

“잘했어. 그렇게 하면 돼. 가끔 싱크대에 설거지 거리가 있으면 하면 되고. 아, 그리고 점심 드셨는지 여쭤보고, 안 드셨으면 도우미 아주머니가 만들어놓은 거 차려드려. 작업하시다가 식사 건너뛰는 일이 잦으시거든.”

“그리고 또 뭘 하면 돼요?”

최 피디는 민수에게 가까이 오라고 손짓했다. 민수가 다가가니 최 피디가 귓속말로 말했다.

“담배 피우시는지 감시해.”

“네?”

“피우시면 바로 나한테 문자로 알려줘. 실은 이게 제일 중요한 일이기도 해. 알았지?”

최 피디가 매우 은밀하게 말했고, 민수는 알겠다고 고개를 끄덕였다.

“난 오늘은 이만 가봐야 해.”

“피디님, 잠시만요.”

민수는 가방에서 계약서를 꺼내 최 피디에게 내밀었다. 어제 인터넷에서 계약서 양식을 찾아 만들었다. 고소 취하 조건으로 민수가 여름방학 4주 동안 평일 2시부터 5시까지 김 감독의 작업실에서 심부름을 한다는 내용이다. 3일 이상 빠질 시에는 고소 취하를 취소한다는 조항도 넣었다.

"사인해주세요."

"이걸 진짜 만들어 온 거야? 너도 참."

"이왕이면 확실한 게 좋잖아요."

최 피디는 대충 읽어본 후 서명란에 이름을 적었다.

"그럼 수고해라. 감독님, 저 이만 가볼게요. 민수한테 심부름 시키는 것 잊지 마시고요."

김 감독은 대답 대신 끄응 하는 소리만 냈다.

최 피디가 가고 난 후, 민수는 어디에 있으면 좋을지 생각했다. 바로 저기다. 소파 앞에는 책상다리를 하고 앉으면 딱 맞을 만큼 낮은 탁자가 하나 있다. 민수는 탁자 앞으로 가서 바닥에 주저앉았다.

"거기 앉게?"

"네. 전 여기가 편해요. 저 신경 쓰지 마세요."

김 감독은 인상을 찌푸렸다. 고개를 들면 바로 내려다보이는 위치다. 민수 딴에는 김 감독이 부르기 편한 곳에 있으려고 한 거지만, 김 감독은 고개를 들 때마다 민수가 보였다.

민수가 온 지 두 시간이 다 되어가도록 김 감독은 아무것도 시키지 않았다. 민수는 김 감독이 무얼 하는지 궁금해 슬쩍슬쩍 잠깐씩 고개를 돌려봤다. 김 감독은 처음 민수가 왔을 때처럼 노트에 무언가를 끄적였다. 오늘 민수가 한 일이라고는 커피 한잔 갖다드린 게 전부다. 민수는 가만히 앉아 있으면 안 될 것 같아 김 감독에게 갔다.

"저기, 감독님. 시키실 일 없으세요?"

민수는 최대한 방긋 웃으며 말을 걸었다.

"없다."

김 감독은 곧이어 자리에서 벌떡 일어나 2층 계단으로 올라갔다. 곧 내려오겠지 싶었지만 김 감독은 한참이 지나도 내려오지 않았다.

결국 5시가 넘었고, 민수는 어떻게 할까 하다가 최 피디에게 전화를 걸었다. 하지만 받지 않았다. 민수는 30분 정도 더 있다가 포스트잇에 "감독님, 저 오늘은 이만 가볼게요. 그럼 내일 봬요"라고 써서 책상 위에 붙였다. 그러고는 조용히 현관문을 닫고 작업실에서 나왔다.

살아 있지 않다고?

"인물이 살아 있지 않아요."

책상 앞에 앉은 김 감독은 프린트한 원고를 바라보며 골똘히 생각에 잠겼다. 한국으로 오기 전, 스튜디오에서 김 감독이 쓴 시나리오 초고를 가지고 직원들과 함께 회의를 했다. 피터 스튜디오는 감독이 직접 원안을 쓰는 게 원칙이다. 그 후 다른 각색가들이 참여하여 다양한 의견을 반영해 최선의 시나리오로 만든다. 그런데 이번 김 감독의 시나리오를 읽고 직원들은 난색을 표했다. '주인공 소년이 어떤 아이인지 짐작이 안 간다' '주인공이 생동감이 없다' 등의 의견이 주를 이뤘다. 결말도 좀 애매하다고 했다.

김 감독이 현재 작업 중인 「우주에서 온 이다」는 우주선 이상으로 지구에 불시착한 우주 소녀 '이다'와 지구 소년 '지로'의 사랑

이야기다. 시나리오 초고를 읽은 직원들은, 이다는 충분히 개성이 있지만 지로의 캐릭터가 부족하다고 했다. 김 감독도 자신이 없었다. 보통 시나리오를 쓰는 과정에서 콘티를 같이 그리게 되는데, 이번에는 감이 잡히지 않아 콘티 작업은 조금도 진행하지 못하고 있다.

김 감독은 이대로 각색 작업에 들어가는 건 무리라고 판단했다. 그래서 직원들에게 6개월을 기다려달라고 했다. 평소에는 자기주장이 강하고 고집이 센 김 감독이지만, 작업을 할 때만큼은 그렇지 않다. 영화라는 건 혼자만의 작업이 아니기에 최대한 함께하는 사람들의 이야기를 들어야 한다. 아집과 원칙은 엄연히 다르다.

그 후로 김 감독은 수십 차례 초고를 읽고 또 읽었다. 그렇게 하다 보면 보통은 주인공 인물이 원고에서 튀어나와 움직이는 환상까지 보게 된다. 하지만 이번에는 지로가 보이지 않았다. 스스로 만들어냈음에도, 지로가 어떤 아이인지 느껴지지 않았다. 영화에 등장하는 지로는 열다섯 살이지만, 김 감독은 지로가 태어나서부터 노인이 되어 죽을 때까지의 일대기를 자서전 쓰듯 썼다. 그러면 지로가 더 잘 느껴지지 않을까 싶었다. 하지만 지로는 그대로였다. 지로는 김 감독에게 와주지 않았다. 여전히 평면적인 모습으로 원고 뭉치 속에 갇혀 있었다.

의자에서 일어나 주방으로 갔다. 커피를 한잔 더 마시기 위해서다. 아침에 일어나 벌써 두 잔을 마셨지만, 정신을 깨우는 데 커피만큼 좋은 게 없다. 버튼을 눌러 커피가 나오기를 기다리고 있는데, 달라진 싱크대가 눈에 띄었다. 커피 캡슐이 들어 있는 통과 커피 잔이 키 순서대로 나란히 정리되어 있다. 그 아이가 했나 보다. 도우미는 식사 준비와 설거지 외에 다른 일은 웬만하면 하지 않는다. 최 피디가 그렇게 일렀기 때문이다. 괜히 김 감독의 심사를 건드리지 말라며 말이다. 하지만 지난 일주일간 민수라는 아이는 시키지 않은 일들을 했다. 책꽂이에 이리저리 꽂힌 책을 가지런히 정리한다거나, 창틀 먼지를 닦기도 했다. 굳이 하지 않아도 된다고 말은 했지만, 민수가 해놓은 일이 제법 마음에 들었다. 민수는 가만히 있는 것보다 몸을 움직이는 게 더 편하다고 했다. 그러면서 혹시 김 감독에게 자신이 신경 쓰이냐고 되물었다. 김 감독은 그건 아니라고 했다.

의자에 앉아 하염없이 창밖을 바라보고 있는데 초인종이 울렸다. 시계를 보니 벌써 1시 50분이다. 민수가 왔나 보다. 이 아이는 제시간보다 항상 10분 일찍 왔다. 김 감독은 인터폰의 문 열림 버튼을 눌렀다.

"안녕하세요, 감독님."

민수는 들어오자마자 고개를 꾸벅 숙여 인사를 했다.

"오늘 커피는 됐다. 방금 마셨어. 넌 네 할 일 해라."

"네."

민수는 소파 앞 탁자에 자리를 잡고 앉은 후 가방에서 노트를 꺼냈다. 민수가 온 지 일주일이 넘었고, 처음과 달리 둘은 각자 적응했다. 김 감독은 자기 앞에 앉아 있는 민수가 크게 신경 쓰이지 않았고, 민수도 여기가 시원한 도서관이다 생각하며 지냈다. 에어컨도 없는 더운 집에 있는 것보다 김 감독 작업실이 더 나았다.

시나리오를 읽던 김 감독은 손바닥으로 배를 문질렀다. 빈속에 연거푸 커피를 세 잔이나 마셨더니 속이 쓰렸다. 오늘은 도우미가 오지 않는 날이다. 대신 전날 냉장고에 국과 반찬을 해서 넣어둔다. 보통 김 감독이 그걸 차려 먹는데, 어쩌다 보니 아침에 일어나 지금까지 아무것도 먹지 않았다.

"너, 점심 먹었냐?"

"네, 감독님. 아직 식사 전이세요? 제가 차려드릴까요?"

"됐다."

아까 냉장고 문을 열어보니 미역국과 불고기가 보였다. 김 감독은 그게 별로 먹고 싶지 않았다. 더운 날 뜨거운 음식은 당기지 않는다. 김 감독은 2층으로 올라가 옷을 갈아입고 내려왔다.

"나가자. 내가 먹고 싶은 게 있다."

김 감독이 앞장섰고 민수가 그 옆을 따라 걸었다.

10분쯤 걸어 도착한 곳은 평양냉면 전문점이다. 식사 시간이 지난 터라 빈자리가 많았다.

"너도 먹어라."

김 감독은 점원을 불러 냉면 두 개와 수육 한 접시, 만두 한 접시를 주문했다. 음식이 나오기 전, 점원이 뜨거운 육수와 무를 가져다주었다.

"아휴, 할아버지랑 손자가 다정도 해라. 요즘 애들 할아버지 잘 안 따라다니는데, 손자가 착한가 봐요."

점원이 접시를 식탁 위에 내려놓으며 말을 걸었다.

"할아버지는 누가 할아버지? 나 얘 할아버지 아니에요!"

김 감독이 버럭 소리를 질렀고, 점원도 지지 않고 "아니면 아니지 왜 화를 내세요" 하고 대차게 대꾸했다. 점원이 가고 난 후에도 김 감독은 계속 씩씩거렸다. 최대한 젊게 입는다고 입었는데 할아버지 소리를 듣다니. 김 감독은 늙은이로 보이지 않기 위해 일부러 청바지에 민트색 피케 셔츠까지 입었다. 그런 김 감독에게 친구들은 우리가 아무리 젊게 입는다고 젊은이가 되는 게 아니라며, 그래 봐야 우린 그냥 옷만 젊게 입은 노인에 지나지 않는다고 말하곤 했다. 그래도 김 감독은 내심 동갑인 친구들보다 자신이 열 살은 젊어 보인다고 자부했는데, 할아버지라는 말을 들으니 짜증이 확 밀려왔다.

김 감독은 자주 욱한다. 주변 다른 친구들만 보더라도 나이 들면서 좀 둥글둥글해지던데, 김 감독은 여전히 싫고 좋고가 명확하다. '그럴 수도 있지'가 잘되지 않는다. 그래서 자신에게 잘못하고 실수하는 사람을 좀처럼 용서하지 못한다. 주변 사람들은 그런 김 감독에게 '청춘'이라는 말을 하는데, 물론 칭찬보다 욕에 가까울 때가 많다.

"너 손이 꽤 야무지더라. 도우미 아주머니보다 네가 주방을 더 깔끔하게 치우는 것 같다."

"제가 집안일을 많이 하거든요."

"부모님이 많이 바쁘신가 보지?"

"네. 엄마가 늦게 오는 날이 많아요. 주말에도 일하러 가고요."

"아버지도?"

"아빤 돌아가셨어요."

"그러냐?"

괜한 걸 물었다 싶었다. 김 감독이 주변을 둘러보며 흠흠 기침을 하는데, 마침 주문한 음식이 나왔다.

"배고프다. 얼른 먹자."

"네. 잘 먹겠습니다."

점심을 먹었다는 민수는 생각보다 잘 먹었다. 혹시 억지로 먹는 게 아닌가 싶어 남겨도 된다고 했지만, 아니라고 했다. 그 말이 거짓말 같진 않았다. 생각해보면 김 감독도 민수만 할 때는 고봉밥을 먹었다. 정말이지 뒤돌아서면 배가 고프다는 말이 딱 맞았다. 하지만 언젠가부터 식사량이 줄기 시작했다. 아무리 맛있다고 하는 음식을 먹어도 크게 맛있다는 생각도 들지 않았다.

"참, 지난번에 같이 온 녀석은 네 친구냐? 왜 그 감자같이 생긴 애 말이다."

"아, 경진이요? 네, 제일 친한 친구예요. 걔도 감독님 영화 엄청 좋아해요."

김 감독은 민수에게 받은 편지가 생각났다. 민수는 자신의 사연을 적으며 김 감독의 팬이라는 걸 강조했다. 그러면서 김 감독이 만든 영화에 대한 감상평을 적었다. 무조건 좋다고 하기보다 나름

아쉬운 점까지 적어둔 솔직한 평이라 김 감독은 읽다가 살짝, 실은 조금 많이 기분이 상했다. 김 감독은 직원들에게 쓴소리일수록 더 귀를 기울여야 한다고 했지만, 사실 자신의 작품에 대한 쓴소리를 듣고 있는 게 쉽지는 않다. 어느 부모가 자기 자식의 부족한 점을 활짝 귀 기울여 감사히 듣기만 할 수 있을까. 쓰디쓴 비평도 고맙게 듣는다는 다른 감독들의 말은 거짓임이 분명하다. 어쨌든 민수의 편지에서 좋다는 이야기가 더 많아, 다 읽고 나서는 평정심을 되찾을 수 있었다.

"너 이제 내 영화 안 좋아하겠구나. 그것 때문에 고소당했으니."

"처음 고소당했을 땐 싫었는데, 취하해주셔서 다시 좋아해요."

민수가 솔직하게 말했다.

"어떤 영화가 제일 재밌었냐?"

김 감독은 아주 태연하게 물었다. 남들은 칭찬을 들으면 쑥스러워 그만하라고 하지만, 김 감독은 전혀 그렇지 않다. 오히려 누가 칭찬하면 뻔뻔하게 더 해달라 한다. 칭찬은 언제 들어도, 또 들어도 질리지 않는다.

"「요조 가족의 비밀」이요. 제가 처음 본 감독님 영화이기도 해요."

초등학교 5학년 때, 민수는 과학 경시대회에서 상을 받았다. 엄마가 선물을 사주겠다며 갖고 싶은 걸 물었고, 민수는 「요조 가족의 비밀」을 보고 싶다고 말했다. 그렇게 해서 엄마와 함께 치즈 맛 팝콘과 콜라를 먹으며 영화를 봤다. 요조네 가족은 특별한 초능력을 가진 슈퍼 패밀리로, 사람들에게 어려움이 생길 때마다 자신의 초능력을 이용해 도움을 준다. 하지만 가족들은 초능력이 사라진다는 시한부 판정을 받게 되고, 마지막으로 자신들의 초능력을 어떻게 사용하면 좋을지 고민한다. 영화를 보고 난 후 민수는 만약 자신에게도 초능력이 생긴다면 어떤 게 좋을까 한참을 생각했다.

「요조 가족의 비밀」을 보고 나니 피터 김 감독의 다른 영화도 궁금했다. 장편 애니메이션이 열 편이 넘었다. 인터넷에서 찾을 수 없는 건 중고 디브이디점을 찾아다녔다. 20년 이상 된 영화들도 촌스럽거나 지루하지 않고 재밌었다. 민수는 피터 김을 흉내 내 만화도 몇 편 그렸다.

"이번에 네가 다운로드 잘못 받아서 문제 된 것도 「요조 가족의 비밀」 아니냐?"

"맞아요. 그런데 저 정말 개봉했을 때 극장에서 봤어요. 다시 보고 싶어서 다운로드 받은 거예요. 죄송해요."

"뭐 괜찮다."

"전 그 영화의 대사가 너무 좋아요. 왜, 요조가 힘들어할 때 아빠가 요조 어깨를 두드리면서 그러잖아요. '다 지나갈 거다'라고. 제가 자주 하는 말이에요."

도대체 어린 녀석이 뭐 그렇게 지나갔으면 하는 일이 많은지 좀 의아하긴 했지만 더는 묻지 않았다. 김 감독은 원래 자기 이야기하는 것만 좋아하지, 남 이야기 듣는 건 별로 안 좋아한다.

식당에서 나와 걷고 있는데, 눈에 확 띄는 옷차림의 남자가 보였다. 노란색 형광 티셔츠에 몸에 꽉 끼는 하얀 스키니를 입고, 백구두까지 신었다. 저 꽉 끼는 바지를 도대체 어떻게 입었을까, 어쩌면 저 바지는 남자의 살 자체가 아닐까 하는 생각마저 들 정도였다. 남자는 김 감독과 민수뿐 아니라 지나가는 사람들의 시선을 한 몸에 받았다.

"거참. 젊은 남자가 취향 독특하네."

남자는 많아야 20대 후반으로 보였는데 젊은이, 늙은이를 떠나 보기 드문 옷차림이다.

"어쩌면 저 사람, 오늘 벌 받고 있는지도 몰라요."

민수가 중얼거렸다. 김 감독이 무슨 말이냐고 묻자 민수는 그냥 해본 말이라고 했다.

집으로 가는 길에 김 감독은 '카페 조인' 안을 들여다봤다. 계산대에 여진이 있다. 아까 나올 때는 여자 알바생이 있었다.

"커피나 한잔 마시고 가야겠다."

"오늘 더 이상 안 드신다고 하지 않으셨어요?"

"갑자기 마시고 싶어졌어. 따라와라."

김 감독은 민수를 데리고 카페 안으로 들어갔다. 테이블이 일곱 개밖에 되지 않는 작은 곳이다. 그래서 알바생과 사장인 여진, 이렇게 둘이 돌아가며 카페를 본다.

"오셨어요, 감독님."

여진이 인사를 했고, 김 감독도 가볍게 목례를 했다. 김 감독이 여진을 알게 된 건 2년 전이다. 이전에는 한국에 올 때마다 호텔이나 레지던스에서 묵었는데, 아무래도 편치 않았다. 최 피디가 오래 비워두더라도 작업실로 쓸 수 있는 숙소를 얻는 게 좋을 것 같다고 해서 지금 집을 얻었다. 한국에 올 때마다 김 감독은 자주 카페 조인에 와서 커피를 마셨고, 자연스레 카페 사장인 여진과 알고 지내게 되었다. 여진은 남편과 사별한 후 아들과 단둘이 살다가 올봄에 아들이 결혼해 혼자 살고 있다. 이건 말 많고 참견하기 좋아하는 최 피디가 얘기해준 거다. 김 감독은 여진과 이제까지 다섯 마디 이상 해본 적이 없다.

"감독님, 뭐 드실래요?"

여진이 직접 주문을 받으러 왔다. 김 감독이 무슨 일을 하는지 여진에게 알려준 사람 역시 최 피디다. 여진은 꼬박꼬박 김 감독을 '감독님'이라 불렀다.

"아, 이 아이는 내 일을 돕는 아이예요. 손자가 아니라."

묻지도 않았는데 김 감독은 민수에 대해 설명했다. 혹여 다른 사람들처럼 민수를 자신의 손자로 오해할까 봐서다.

"최 피디님한테 들었어요."

여진이 미소를 지으며 대답했다. 김 감독은 괜한 말을 했다 싶었다.

"코스타리카 원두가 새로 들어왔는데 블렌딩이 잘되었는지 맛이 아주 좋아요."

"그럼 아메리카노로 줘요. 샷은 하나만 넣어서요."

"날씨가 더우니까 아이스가 좋겠죠?"

옆에서 민수가 감독님은 뜨거운 커피만 드신다고 말하려고 하는데, 김 감독이 좋다고 했다. 민수는 끼어들지 않고 그냥 가만히 있었다.

"학생은 뭐 마실래요?"

여진이 민수를 바라봤다. 민수는 뭘 주문해야 할지 몰랐다. 카페에는 처음 와본다.

"우리 집 키위 스무디 맛있는데, 그걸로 줄까요?"

"네."

민수가 고개를 끄덕이며 대답했다.

"얘가 좋아할 만한 케이크나 뭐 그런 거 있죠?"

"네. 초코 케이크랑 치즈 타르트가 맛있어요."

"알아서 가져다주세요."

"감독님, 티셔츠가 참 잘 어울리세요."

여진이 계산대로 돌아갔고, 김 감독은 고개를 숙여 자신의 티셔츠를 살펴보았다.

"케이크까지 안 사주셔도 되는데. 오늘 무슨 제 생일 같아요. 잘 먹을게요. 감사합니다."

아직 케이크가 나오지도 않았는데 민수가 감사 인사를 했다. 김 감독은 민망함에 고개를 돌렸다. 민수를 위해 주문한 건 아니다. 하나라도 더 주문해서 가게 매상을 올려주고 싶었을 뿐이다. 최 피디 말에 따르면 임대료 때문에 카페 운영이 쉽지 않다고 했다. 김 감독은 카페를 둘러보았다. 김 감독이 앉은 테이블을 제외하고 손님이 하나도 없다. 김 감독은 다들 커피도 안 마시고 어디 있는 거냐고 중얼댔다.

여진이 컵과 케이크 접시를 쟁반 위로 옮기고 있는데, 민수가 벌떡 일어섰다. 민수는 여진 대신 쟁반을 들고 돌아왔다.

"넌 쓸데없이 뭐 그렇게 친절하냐?"

김 감독은 민수의 행동이 못마땅했다. 여진과 한마디라도 더 할 수 있었는데 아쉬웠다.

"사람은 다 자기 할 일이 있는 거야. 넌 손님으로 왔으면 그냥 가만히 앉아 있으면 되는 거란다."

김 감독이 괜히 툴툴거렸다.

"그래도 할머니 혼자 일하시려면 힘드시잖아요."

"뭐? 할머니? 여진 씨가 어딜 봐서 할머니라는 거냐?"

김 감독은 아까 식당에서 할아버지 취급을 받았을 때보다 더 기분이 상했다. 저리 고운 여진 씨를 할머니라고 부르다니, 이 녀석은 사람 보는 눈이 없어도 너무 없다.

"할머니라고 부르지 마라."

"할머니를 왜 할머니라고 부르지 말아요? 제가 홍길동도 아니고."

민수의 농담에 김 감독은 조금도 웃지 않았다.

"너 말이다. 할머니, 할아버지라고 다 같은 할머니, 할아버지가 아니야. 네 신체 나이가 열다섯이라고 네가 열다섯 살인 것 같지? 절대 아니다."

민수는 이해가 가지 않는지 고개를 갸우뚱거렸다.

"그러니까 말이다, 사람의 나이라는 건 신체적인 것만 있는 게 아니야. 정신적인 게 더 크다고. 사람 마음속에는 다양한 나이대의 사람이 살고 있어. 너 왜 가끔 다섯 살 애처럼 징징거릴 때 있어, 없어?"

"있어요."

"그리고 일흔 살 노인처럼 행동할 때는?"

"그럴 때도 있는 것 같아요."

"신체적인 나이와 정신적인 나이가 똑같지 않은 사람이 많다고. 내 신체적 나이는 60대지만, 정신적 나이는 아직 젊다고. 그러니까 나이 많다고 무조건 할머니, 할아버지라고 부르지 마라."

"네. 그럴게요."

김 감독은 말을 하면서도 좀 궁색한 변명 같다고 생각했지만, 다행히 민수는 토를 달지 않고 고개를 끄덕였다.

"저기, 그러면 뭐라고 불러요?"

"여사님. 그래, 여사님이라고 해."

"네. 그럴게요."

커피를 마시고 있는데 최 피디에게 전화가 왔다. 상의할 게 있어 작업실로 왔는데 아무도 없다며 어디냐고 물었다. 카페 조인이라고 하니, 최 피디는 여기로 오겠다며 전화를 끊었다.

잠시 후 카페 문이 열리는 소리가 들렸다. 최 피디인가 싶어 바라보니 중년의 남자 손님이다. 남자는 계산대에 오른팔을 기댄 후 느끼하게 여진에게 말을 걸었다.

"오늘도 누님이 만든 커피 마시고 싶어서 왔어요. 난 누님이 만든 라테가 세상에서 제일 맛있더라고."

남자의 목소리가 커서 김 감독의 테이블까지 다 들렸다.

"감사해요, 한 사장님. 그럼 라테로 드릴까요?"

"응. 아이스 라테로 줘요. 얼음 많이 넣어서. 내가 정열적인 남자라서."

김 감독은 인상을 썼다. 여진보다 적어도 다섯 살은 더 어려 보이는 놈이 반말을 섞어가며 어디서 작업질인지, 게다가 여진 씨는 저놈이 뭐가 좋다고 실실 웃어대는지. 김 감독은 기분이 확 상했다.

"가자."

"어? 최 피디님 여기로 오신다고 하지 않았어요?"

김 감독은 아랑곳하지 않고 자리에서 일어나 문을 열고 나갔다. 등 뒤에서 여진이 김 감독에게 잘 들어가시라고 인사를 했지만 김 감독은 돌아보지 않았다. 민수는 여진에게 인사를 한 후 김 감독을 따라 나왔다.

카페에서 나와 걷고 있는데, 이쪽으로 오는 최 피디가 보였다. 김 감독은 최 피디에게 알은척도 하지 않고 집을 향해 걸었다. 최 피디는 김 감독의 기분이 별로 좋지 않다는 걸 알아차렸기에 김 감독이 아닌 민수 옆에 붙었다. 김 감독은 겉 다르고 속 다른 게 없는 사람이다. 기분 나쁘면 바로 티가 확 난다.

"무슨 일 있었어?"

최 피디가 민수 귀에 대고 조용히 물었다. 민수는 모르겠다며 고개를 가로저었다.

"하긴. 탱탱볼 같은 감독님의 마음을 누가 알겠냐."

최 피디가 혼자 중얼거렸다.

작업실로 돌아온 후 최 피디는 민수를 데리고 주방으로 갔다. 김 감독의 화가 풀릴 때까지 여기에서 기다리는 게 좋을 듯싶다.

"그런데 피디님. 피디님은 뭐 하시는 분이에요? 감독과 피디는 다른 거예요?"

"아, 그게 말이다."

최 피디는 지겨울 정도로 이 질문을 많이 받았다. 드라마 감독을 보통 피디라고 칭하기에 영화에서 감독과 피디가 다르다는 걸 모르는 이들이 많다.

"영화에서 피디는 프로듀서를 말하는 거야. 감독이 연출을 한다면, 프로듀서는 영화 제작 전반을 관리하지."

"어떻게 피디가 되신 거예요?"

"어쩌다 보니 그렇게 됐어."

최 피디는 옛날 일을 떠올렸다. 일본의 대학에 교환 학생으로 갔을 때 김 감독이 운영하는 피터 스튜디오에서 청소 알바를 했다. 그러다가 피터 스튜디오에 정식으로 취직까지 하게 되었고, 아예 일본에 눌러앉게 되었다.

"김 감독님이랑 일하신 지 오래되셨어요?"

"응. 10년 조금 넘었어."

"우와, 엄청 오래되셨군요."

"그렇네."

최 피디도 자신이 이렇게 오래 일하게 될 줄 몰랐다고 했다. 사람들은 어떻게 괴팍한 김 감독과 함께 일할 수 있느냐고 자주 묻는데, 최 피디 성격이 무던 편이기도 하지만, 꼭 그것 때문만은 아니었다. 최 피디는 어릴 적부터 김 감독의 애니메이션을 보고 자란 그의 열성 팬이다. 김 감독 애니메이션을 보고 만화가가 된 '피터 키즈'들이 지금 전 세계에서 한창 활동 중이다. 최 피디도 피터 키즈를 꿈꾸던 사람 중 한 명이었다.

최 피디는 김 감독의 성질 때문에 몇 번 일을 그만두려고 했지만, 그때마다 김 감독의 작품을 떠올리며 꾹꾹 참았다며 웃었다. 한때 만화가를 꿈꿨던 최 피디는 형편없는 그림 실력에 진즉 꿈을 접을 수밖에 없었다고 한다. 그가 그린 그림을 두고 무얼 그렸는지 알아보는 사람은 거의 없었다. 한참 설명해도 "이게 사람이라고?" 묻는 경우가 비일비재했다. 그는 자신의 막손을 원망하며 만화가의 꿈은 포기했지만, 김 감독과 함께 만화 영화를 만들 수 있어서 종종(절대 자주라고 말할 수는 없다고 한다) 행복하단다.

"최 피디!"

김 감독이 부르는 소리가 들렸다. 최 피디와 민수는 거실로 나갔다.

"상의할 게 뭐야?"

그사이 김 감독의 화가 가라앉았나 보다.

"「빅 보이」 홍보사 측에서 연락이 왔는데, VIP 시사회에 와주시면 안 되냐고 부탁을 하더라고요."

"내가 거길 왜 가. 싫어. 안 가."

김 감독은 단칼에 거절했다. 「빅 보이」는 곧 개봉하는 미국 애니메이션인데, 아무래도 김 감독이 영화를 보고 갔다는 이야기가 돌면 홍보에 도움을 줄 수 있기에 최 피디에게 연락이 온 것이다.

"저도 다른 곳이었으면 안 된다고 했을 텐데, 홍보사가 지난번 우리 영화 맡아준 곳이에요. 그래서 안 된다고 하는 게 곤란하더라고요. 잠깐만 다녀오시죠."

"나 사람 많은 데 딱 질색이야."

조용히 영화만 보고 올 수 있다면 당연히 대환영이다. 하지만 기자들은 김 감독에게 이것저것 요구할 거다. 포토 존에서 사진을 찍어달라, 영화가 어떤지 말해달라 등등 생각만 해도 끔찍하다.

"우와, 영화 「빅 보이」 말씀하시는 거예요? 대박! 그 영화 예고편 끝내주던데. 제 친구들은 그 영화 개봉하는 날만 기다리고 있어요. 감독님 정말 대단하세요. VIP 시사회에 초청까지 받으시고."

최 피디 옆에 앉아 있던 민수가 끼어들었다. 최 피디는 이때를 놓치지 않고 계속 설득했다.

"영화 아주 잘 나왔대요. 감독님께서 와주셔야 자리가 더욱 빛

날 거라고 어찌나 사정을 하는지 몰라요."

"됐어. 다들 가! 나 피곤해. 좀 쉬어야겠어."

김 감독은 최 피디와 민수를 향해 손을 휘휘 내저었고, 최 피디는 오늘은 그른 것 같다는 판단이 들어 민수를 데리고 나갔다.

혼자 남은 김 감독은 컴퓨터를 켰다. 다른 감독이 만든 좋은 애니메이션을 보는 건 무척 행복한 일이기도 하지만, 그만큼 질투가 나서 속이 상한다. 나이가 들면 이 질투란 놈이 좀 줄어들 줄 알았는데 별로 그렇지 않다.

검색창에 '빅 보이'라고 치니 예고편이 나왔다. 김 감독은 재생 버튼을 눌렀다. 얼마나 끝내주는 예고편인지 확인할 테다.

내 이름은 민수

"감독님, 카페 사장님 좋아하시죠?"

카페에서 나온 민수는 김 감독 옆을 따라 걸으며 물었다. 오늘도 김 감독은 점심을 먹고 카페 조인에 가자고 했다. 점심으로 배부르게 생선구이 정식을 먹었는데, 김 감독은 또 케이크까지 시켰다. 김 감독은 케이크에 거의 손도 대지 않았다. 전부 민수가 먹었다. 처음에 민수는 김 감독이 먹는 거에 참 너그러운 사람인가 보다 했지만, 다른 이유가 있다는 걸 곧 알게 되었다.

"뭐, 뭔 소리야? 참 나, 어이가 없어."

갑자기 김 감독이 헛기침을 했다. 민수는 그런 반응에 제 추측이 맞았다고 더욱 확신했다. 평소였다면 김 감독은 버럭 화를 냈을 거다. '내가? 미쳤어? 어딜 봐서 내가 저 여자를 좋아해?' 하며 말이다. 하지만 김 감독은 두루뭉술하게 넘기려 하고 있다. 민수는 김 감독의 얼굴을 살폈다.

"쓸데없는 소리 하지 말고 얼른 걷기나 해. 얘가 밥 잘 먹고 왜 이래?"

"제가 눈치 100단이에요, 감독님. 다른 사람은 다 속여도 전 못 속여요."

민수는 씩 웃어 보였다. 먹지도 않는 케이크를 두 조각씩 꼭 시키고, 여진이 다른 남자 손님에게 친절하게 대한 날에는 내내 화를 내고, 민트색이 잘 어울린다는 여진의 말에 일주일 내내 민트색 티셔츠와 남방만 골라 입는 걸 보면 답이 빤하다.

"눈도 제대로 못 마주치시고. 그럼 절대 여자랑 친해질 수 없어요."

"참 나, 어린 네가 뭘 안다고."

"감독님, 제가 우리 반 남자애들 연애 상담은 다 맡고 있어요. 제가 이제까지 사귄 여자가 다섯 명이라고요."

김 감독이 갑자기 걸음을 멈춰 선 후 민수를 위아래로 훑어보았다.

"다섯 명? 너 열다섯 살이라고 하지 않았냐?"

"네."

"너 여자 친구 있어?"

"아뇨. 지금은 없어요."

"그렇게 여자를 잘 아는 놈이 왜?"

"그냥 뭐, 요즘은 쉬고 있어요."

민수는 얼버무렸다.

"감독님, 여자한테는 친절하게 대해야 해요. 툴툴거리는 말투, 여자들은 안 좋아해요. 그리고 좀 적극적일 필요가 있어요. 츤데레는 드라마 속에서나 통한다고요."

"츤데레? 그건 또 뭐야?"

"아, 그게 말이죠. 겉으론 퉁명스럽지만 속은 따뜻한 사람! 그게 츤데레예요."

"별 희한한 말이 다 있네. 아니, 근데 내가 왜 너랑 이런 이야길 해야 하냐? 나 그런 거 아니다. 절대 아니야. 너 괜히 쓸데없는 소리 하지 마라. 알았지?"

"네. 제가 입은 또 무거워요. 걱정 마세요."

민수는 엄지와 검지 끝을 맞댄 후 입술 왼쪽부터 오른쪽으로 움직이며 지퍼 채우는 시늉을 했다.

"얘 참 웃기네. 진짜 그런 거 아니라니까."

얼굴이 붉게 변한 김 감독이 도망치듯 걸었고, 민수가 같이 가자며 그 뒤를 따라갔다.

김 감독이 잠깐 화장실에 간 사이 현관문이 열리는 소리가 들렸다. 최 피디가 왔나 싶어 민수가 자리에서 일어나는데, 현관에 들어선 사람은 처음 보는 할머니다.

"누구냐, 넌?"

"네? 저는 주민수인데요. 누구세요?"

"민수? 네 이름이 민수라고?"

할머니가 성큼성큼 민수 앞으로 다가와 두 손바닥으로 민수의 얼굴을 맞잡은 후 이리저리 살펴보았다. 할머니는 혼잣말로 "역시 그런 거였나" 하고 중얼거렸다.

"누나, 뭐 하는 거예요?"

화장실에서 나오던 김 감독이 자령을 봤다.

"얘 누구야? 설마 숨겨둔 아들이야?"

"누나!"

김 감독이 버럭 소리를 질렀고, 그 바람에 민수의 얼굴을 만지고 있던 자령이 손을 뗐다.

"그런 거 아니에요. 얘는 내 일 도와주러 온 거라고."

"정말이냐?"

자령은 김 감독이 아닌 민수를 바라보며 물었다. 민수는 김 감독의 말이 맞다고 대답했다.

"어휴, 좋다 말았네. 난 또 얘 이름이 민수라고 해서 네 숨겨둔 아들이라도 되는 줄 알았지."

"이름이 같은 게 무슨 상관이라고?"

"왜 외국 영화 보면 지 아비 이름 따서 이름 짓고 그러잖냐. 피터 2세, 피터 주니어 막 이렇게 말이다."

"여기가 외국이유?"

김 감독의 핀잔에 자령은 소파에 털퍼덕 기대어 앉았다.

"여사님, 뭐 마실 거 드릴까요?"

민수가 자령에게 물었다.

"여사님? 허허, 좋다, 여사님. 너 참 귀엽구나."

자령은 여사라는 칭호를 마음에 들어 했다. 민수는 여진을 할머니라고 불렀다가 김 감독에게 된통 혼이 난 이후로, 할머니를 할머니라고 부르면 안 된다는 걸 깨달았다.

"주스 있어? 난 커피는 안 마신다. 커피 마시면 밤에 잠이 안 와."

"네, 있어요. 가져다드릴게요."

민수는 종종걸음으로 주방에 들어가 냉장고에서 오렌지 주스를 꺼냈다. 그러곤 투명한 유리컵에 주스를 담아 자령에게 가져갔다.

"세계적 감독이면 뭐하냐. 결혼 한번 못 해보고. 다 소용없다, 소용없어."

"됐어요, 난."

"만화랑 결혼했다 뭐다 하는 소리 집어치워라. 유명한 만화가 중에 결혼 한번 안 한 사람은 너뿐이더라."

자령이 김 감독의 말을 싹둑 잘랐고, 민수는 좀 많이 놀랐다. 김 감독이 혼자 산다는 건 알았지만, 결혼을 안 했을 줄은 몰랐다. 요즘 결혼을 안 하는 사람들이 많이 늘어나고 있긴 하다. 하지만 민수는 결혼하지 않은 젊은 사람들만 상상했지, 결혼하지 않은 노인이 있다는 생각은 해본 적이 없다. 민수는 여진을 대하는 김 감독의 태도가 이제야 조금 이해가 됐다.

"그나저나 무슨 일로 왔어요? 다리도 아픈데 돌아다니지 말라니까.”

“택시 타고 왔다. 됐냐? 네가 우리 집에 안 오니까 내가 오는 수밖에. 저거나 잘 넣어둬.”

자령이 가리킨 가방을 가지러 민수가 현관 쪽으로 갔다. 가방은 제법 묵직했다. 안에는 음료 파우치가 가득 들어 있었다.

“양배추즙이야. 너 지난번 건강검진에서 위염도 있다고 했다며? 위에는 양배추가 최고라고. 잊지 말고 챙겨 먹어.”

자령은 다음에 와서 얼마나 먹었는지 확인할 거라고 으름장을 놓았다. 민수는 자령에게 걱정하지 마시라며, 자신이 꼭 챙겨드리겠다고 했다.

“여사님, 이거 냉장고에 넣어둘까요?”

“옳지.”

민수는 냉장고에 양배추즙을 차곡차곡 넣었다.

거실로 나가보니 김 감독은 잠깐 2층에 올라갔는지 없고 자령 혼자 소파에 앉아 있다. 민수는 자령 옆에 앉았다. 그런데 갑자기 자령이 가방에서 무언가를 꺼내더니 민수 입에 쏙 넣어주었다. 민수는 뭔지도 모른 채 받아먹었다. 씹어보니 짭조름하고 달달한 말린 문어였다.

“우와. 이거 되게 맛있어요. 질기지도 않고, 많이 달지도 않아요.”

“그렇지? 이건 가문어가 아니라 진짜 문어야.”

“가문어가 뭐예요?”

"시중에 파는 문어는 사실 가짜 문어야. 그래서 가문어라고 하지."

"그럼 문어가 아니면 뭐예요?"

"대왕 오징어를 말린 거란다. 그런데 사람들은 대부분 그게 문어인 줄 알아."

"그렇구나. 저도 몰랐어요."

자령은 얇게 저민 문어포를 하나 더 꺼내 민수 입에 또 넣어주었다.

"여사님은 안 드세요?"

"난 잘 안 먹어. 치아가 안 좋거든. 근데 너 몇 살이냐?"

"열다섯이요."

"그럼 중학생?"

"네."

"아이고, 곱다 고와."

민수가 헤헤 웃었다. 살면서 곱다는 말은 또 처음 들어본다. 그건 보통 젊은 여자한테 하는 말인 거 같은데. 민수는 조금 이상했지만 그렇다고 그 말이 듣기 싫지는 않았다.

자령은 김 감독에 비해 훨씬 나이 들어 보였다. 김 감독이 이제 막 할아버지 대열에 들어섰다면, 자령은 이미 한참 전에 할머니 대열에 들어섰을 것 같다. 머리카락은 염색해서 검은색이지만, 얼굴에 주름이 많고 손등에 검버섯이 그득하다. 엄마는 여자의 나이는 손으로 알 수 있다고 했다. 얼굴의 주름은 레이저 시술 같은 걸로 없앨 수 있지만 손은 그게 쉽지 않다며 말이다.

"너도 만화 그리는 거 좋아하니?"

자령이 탁자에 놓인 민수의 노트를 보며 물었다. 노트에는 「맹맹과 마요」가 그려져 있다. '맹맹'과 '마요'라는 중학생 남자애 두 명이 주인공으로, 민수는 둘의 일상을 카툰식으로 심심할 때마다 그린다. 맹맹은 성이 맹씨라서, 마요는 모든 음식에 마요네즈를 뿌려 먹는다. 중학생이 되면서부터 그렸는데 이건 경진에게도 보여주지 않았다. 보리에게만 살짝 보여줬더니 재미있다고 했다. 맹맹과 마요가 진짜 같은 반 남자애들 같다며 말이다.

"전 잘 못 그려요."

민수는 부끄러운 마음에 얼른 노트를 덮었다. 심심할 때면 노트에 만화를 그리는데, 여기 와서 더 자주 그리게 되었다. 김 감독이 작업을 하고 있으면 딱히 할 일도 없고, 만화를 그리다 보면 시간이 금방 지나가기 때문이다. 만화 보는 것만큼 그리는 일도 재밌다.

"우리 민수도 너만 할 때 만화 참 잘 그렸는데."

자령이 말하는 민수는 김 감독이다. 민수는 제 이름과 김 감독의 이름이 같다는 걸 알고 있었지만, 김 감독을 민수라고 칭하니 기분이 좀 묘했다. 이제까지 민수는 학교를 다니면서 같은 이름을 가진 사람을 여럿 만났다. 민수라는 이름이 좀 흔한 편이긴 하다.

처음 만난 민수는 초등학교 3학년 때 같은 반이었던 유민수다. 그 애는 제 화를 못 이기면 울곤 했는데, 그래서 별명이 '우는 민수'였다. 술래잡기에서 술래가 되면 하기 싫다고 울었고, 급식 반찬을 남기면 안 된다는 선생님 말에 먹기 싫다며 울었고, 덩치 큰 여자애한테 얻어맞아서 울었다. 아이들은 우는 민수가 짜증 난다고 했지만, 민수는 우는 민수가 부러웠다. 쟤는 자기 내키는 대로 다 하는구나 싶었기 때문이다.

두번째 만난 민수는 초등학교 5학년 때 담임 이민수 선생님이다. 이민수 선생님은 민수를 유독 예뻐했는데, 그걸 두고 아이들은 이름이 같아서 그렇다는 이야길 했다.

매년 한 학년에 민수는 두세 명씩 있었지만, 다른 반일 경우에는 크게 비교되는 일이 없었다.

"민수가 그림에 소질이 있었어. 어렸을 때 그림 대회에 나가 상도 많이 받았거든. 민수만큼 그림 잘 그리는 애도 없었을 거야."

민수도 김 감독의 이야기를 알고 있다. 인터넷을 검색하면 김 감독에 관한 이야기가 많이 나온다. 대학을 중퇴한 후 무작정 일본으로 가서 일을 하며 일본어 공부를 했고, 유명 애니메이션 스튜디오에 들어갔다. 그 스튜디오에서 밑에서부터 일하면서 차근차근 위로 올라갔다. TV 애니메이션을 두 편, 극장판 애니메이션을 한 편 연출한 후 자신의 이름을 딴 피터 스튜디오를 설립했다. 외국인이라 쉽지 않을 거라는 우려가 대부분이었지만, 피터 스튜디오에서 처음 제작한 영화는 소위 말하는 대박을 쳤다. 그 이후로 김 감독은 일본을 넘어 세계적으로 유명한 감독이 되었다.

"아이고, 누나. 나 만화 못 하게 제일 반대한 게 누군데?"

어느새 1층으로 내려온 김 감독이 대화에 끼어들었다.

"내가 언제?"

"누나가 그랬잖아. 내가 일본에 만화 배우러 간다고 했을 때 호적에서 파낼 거라고. 다신 얼굴 볼 생각도 하지 말라고 했잖수."

"난 그만 가봐야겠다."

자령이 서둘러 소파에서 일어났다. 김 감독이 지갑에서 돈을 꺼내 자령에게 건네며 꼭 택시를 타고 가라고 했다.

"택시는 무슨 택시? 지하철 타면 공짠데."

"올 때도 지하철 타고 왔죠? 제발 그러지 좀 마요. 다음부터 여기 올 거면 전화해. 내가 최 피디한테 모시고 오라 할게. 지하철역 계단 오르락내리락하면 무릎 그거 더 나빠진다고."

"됐어. 바쁜 사람을 뭘 오라 가라 해. 그리고 내 무릎 짱짱하다."

자령은 오른 다리 무릎을 펴고 굽히는 걸 두 차례 반복했다.

"민수야, 너도 오늘은 그만 가봐라. 할머니 택시 타고 가시는지 확인해."

민수는 알겠다고 대답한 후 자령의 가방을 대신 들었다.

자령은 택시 정류장 앞을 지나쳤다. 민수가 지나가는 택시를 가리켰지만 자령은 고개를 저었다.

"나 택시 안 타. 김 감독한테는 비밀이다, 알았지?"

민수는 고개를 끄덕인 후 자령과 함께 지하철역으로 내려갔다.

집으로 가는 길에 민수는 마트에 들렀다. 아침에 보니 샴푸가 거의 다 떨어졌다. 민수는 바쁜 엄마를 대신해 자주 장을 본다.

마트 입구에서 민수는 바퀴 달린 카트 대신 플라스틱 바구니를 집어 들었다. 카트는 편하긴 하지만, 그래서인지 괜히 필요 없는 물건까지 담게 된다. 바구니는 오래 들고 있으면 무거워서 자연히 쇼핑 시간도 줄어든다.

샴푸 코너에 도착한 민수는 할인하는 상품이 뭐가 있나 살폈다. 기획 상품인 세 종류의 샴푸가 진열대 맨 앞에 놓여 있는데, 두 제품은 8,900원이고, 다른 한 제품은 9,500원이다. 민수는 샴푸를 하나씩 집어 들어 몇 그램인지 비교했다. 9,500원짜리가 비싸 보이지만 용량이 200밀리리터 더 많다. 이걸 사는 게 이익이다. 민수는 9,500원짜리 샴푸를 바구니에 넣었다.

"지금 이 브랜드 상품 2만 원 이상 사면 5천 원짜리 상품권 증정하는데. 더 살 건 없니?"

마트 점원이 민수 옆에 오더니 알려주었다. 샴푸 하나를 더 살까? 보통 샴푸 하나를 사면 엄마와 둘이 5개월 정도 사용한다. 상품권을 받으려면 하나를 더 사는 것도 나쁘지 않다. 민수는 샴푸 한 개를 더 바구니에 넣었다. 두 개를 더 사는 건 오히려 낭비다. 그러면 총 가격이 2만 8,500원이 된다. 2만 원만 채우면 되는데 굳이 2만 8,500원어치를 살 필요는 없다.

"혹시 빨랫비누도 포함되나요?"

빨랫비누가 다 닳아 엄마 스타킹에 넣어 쓴 지 오래다. 빨랫비누를 사면 딱 맞을 듯하다.

"응. 세탁 코너에 가면 이 브랜드에서 나온 빨랫비누 있을 거야."

점원이 세탁 코너의 위치를 알려주었다.

"저기, 샴푸 두 개 샀는데 샘플 좀 주시면 안 돼요?"

"상품권 준다니까."

"그래도요."

민수가 점원을 향해 활짝 미소를 지어 보였다.

"알았어. 린스 하나 작은 거 붙여줄게."

점원은 비매품 린스를 민수가 산 샴푸에 테이프로 감아주었다.

"감사합니다."

민수는 최대한 공손하게 인사한 후 세탁 코너로 옮겨 갔다. 샴푸와 같은 브랜드에서 나온 빨랫비누가 있다. 그런데 마트 PB 상품보다 500원 더 비싸다. 그램 수는 두 개가 같다. 그래도 상품권을 받는 게 더 이득일 것 같아 빨랫비누를 하나 바구니에 넣었다. 식품 코너에 가서 시식을 할까 했지만, 시식만 하고 아무것도 사지 않는 건 미안한 일이다. 그러다 보면 괜히 안 사도 되는 물건까지 사게 된다. 민수는 다른 코너는 쳐다보지 않고 계산대를 향해 걸었다.

상품권을 받을 생각에 기분이 좋았다. 매우 만족스러운 쇼핑을 했다고 생각하며 걷고 있는데, 눈앞에 들어온 사람을 보고 걸음을 멈춰 섰다. 맞은편에서 보리가 카트를 밀며 걸어오고 있다. 방학식 날 이후 처음 보리를 만나는 거다. 보리는 민수와 눈을 마주치자마자 고개를 홱 돌렸다. 그러곤 제 엄마 팔을 쿡 찔러 바로 오른편에 있는 유제품 코너로 카트를 밀었다.

보리가 시야에서 사라지자 민수는 다시 계산대로 향했다.

"2만 800원입니다."

민수는 지갑에서 만 원짜리 두 장과 천 원짜리 한 장을 꺼내 점원에게 내밀었다. 점원이 200원을 거슬러주며 영수증 아래 상품권 교환권이 있으니 고객 센터에서 받으라고 알려주었다. 하지만 민수는 정신을 놓은 채 건다가 마트 입구까지 걸어 나왔다. 마트 밖을 나와서야 상품권을 받지 못했다는 걸 알고 다시 마트로 들어갔다.

보리와는 중학교에 들어와 알게 되었다. 같은 반이 된 적은 없지만, 방송부를 함께하며 친해졌다. 2학년이 되자 담당 선생님은 민수와 보리의 목소리가 좋다며 둘에게 점심 방송 디제이를 맡겼다. 둘은 같이 방송 준비를 하면서 더 가까워졌다. 멘트 준비를 위해 문자를 자주 주고받았다. 아나운서가 꿈인 보리는 방송 준비를 아주 열심히 했다. 대본은 보리가 거의 썼는데, 내용이 재미있어 인기가 좋았다.

보리와 이야기하는 건 무척 즐거웠다. 남자아이들과는 시시껄렁한 농담을 하거나 앞뒤 맥락 없는 대화를 주고받으며 노는 것과 다르게, 보리와는 좀더 진지한 이야기를 할 수 있었다. 뉴스에서 본 기사를 민수가 이야기하면 남자애들은 "헐" "완전 어이없어"라고 말하며 금방 다른 화제로 넘어가지만, 보리는 그것에 대한 자신의 생각을 들려주었다. 좋아하는 웹툰이 더 이상 재미가 없을 때 민수는 왜 그렇게 되었는지 친구들과 이야기하고 싶지만, 남자애들은 대부분 "이제 안 봐" 하고 말아버린다. 하지만 보리와는 달라진 점을 이야기할 수 있다. 민수가 그린 만화를 두고도 남자아이들은 "재밌네" 한마디가 다다. 민수는 어떻게 하면 더 재밌어질지, 부족한 게 뭔지 궁금한데, 남자 친구들은 별다른 말을 해주지 않는다. 하지만 보리는 다르다. 그래서 민수는 자신이 그린 만화 「맹맹과 마요」를 보리에게만 보여주었다.

보리와 대화하면 시간 가는 줄 몰랐다. 탁구로 치자면 남자아이들은 민수가 건넨 공을 저 멀리 날려버리며 '오늘 끝!'이라고 해버리는 식인데, 보리와는 핑, 퐁, 핑, 퐁, 핑, 퐁 하고 계속 공을 주고받을 수 있었다.

방학식 날, 2학년들끼리 모여 방송실 청소를 하기로 했다. 2학년 방송부는 모두 여섯 명인데, 그날 민수와 보리만 빼고 다들 일이 있다며 가버렸다. 하는 수 없이 둘만 남게 되었다. 보리는 음악을 들으며 청소를 하자면서 영화음악 시디를 틀었다. 민수는 녹음실을, 보리는 녹음실 바깥을 치웠다.

청소를 하는 중에 「기쿠지로의 여름」 영화음악이 나왔다. 「기쿠지로의 여름」은 보리가 추천해줘서 보게 된 영화다. 영화도 재밌지만 영화음악이 너무나 좋았다. 민수는 기분이 울적해질 때면 그 음악을 듣곤 했다.

청소가 다 끝나갈 즈음이라 민수는 의자에 걸터앉아 음악에 맞춰 손가락으로 탁자 위를 두드렸다. 그때 바깥에서 보리가 버튼을 눌러 민수를 불렀다. 녹음실은 방음벽으로 되어 있어서 마이크를 통하지 않으면 서로의 소리가 들리지 않는다. 그래서 아이들은 방송실에서 자주 단어 맞히기 게임을 했다. 녹음실 안에 있는 사람이 입 모양으로 말하면, 바깥에 있는 사람이 맞히는 거다.

"애들이 자꾸 너랑 나랑 무슨 사이냐고 물어봐."

보리의 목소리가 녹음실 안 스피커를 통해 흘러나왔다.

"무슨 사이긴. 친구 사이지."

민수도 버튼을 누른 후 마이크에 입을 대고 말했다. 함께 방송 진행을 한 이후로 둘이 사귀는 게 아니냐는 스캔들이 돌기도 했다. 민수도 몇 번 그 질문을 친구들에게 받았고, 그때마다 아니라고 답해주었다.

"애들이 계속 그래? 우리 둘이 사귄다고?"

보리에게 신경 쓰지 말라는 말을 하려는데, 보리가 먼저 말을 했다.

"난 진짜 그랬으면 좋겠어. 민수야, 나 너 좋아해. 너는?"

그때 음악이 끝났고 방송실이 조용해졌다. 투명한 창 바깥에서 보리가 민수를 바라보고 있었다. 민수는 어떻게 이야기를 해야 할지 고민이 되었다.

"나도 너 친구로서 좋아해."

"친구로서? 그럼…… 사귈 마음은 없다는 거야?"

"응. 미안해, 보리야."

보리의 얼굴이 굳어졌다.

"우리 좋은 친구잖아. 꼭 사귀지 않아도 지금처럼 지내면 되잖아. 응?"

이 말은 보리에게 들리지 않았다. 보리가 방송실 전원을 모두 차단하는 마스터 버튼을 눌러버렸기 때문이다. 보리가 입을 열어 뭐라고 말했다. 보리의 말소리 역시 녹음실 안에서는 들리지 않았지만, 입 모양만으로 충분히 알 수 있었다. 보리는 '나쁜 놈'이라고 말했다. 그러고는 방송실을 나가버렸다. 며칠 뒤 민수는 알게 되었다. 보리가 민수와 단둘이 있을 시간을 마련하기 위해 일부러 다른 방송부원들을 보냈다는 걸. 방송부 친구 시후가 알려주었다. 그 이후로 보리에게 연락이 오지 않았고, 민수도 따로 연락을 하지 못했다.

상품권을 받은 후 다시 마트에서 나왔다. 민수는 보리가 자신을 좋아하고 있다는 걸 알고 있었다. 유달리 자기에게 더 친절했으니까. 눈치 빠른 민수가 그걸 모를 리 없다. 민수도 보리를 친구 이상으로 좋아했다. 하지만 친구인 상태가 계속 유지되길 바랐다.

민수는 종종 보리가 생각났다. 인터넷을 하다가 보리가 좋아하는 가수 소식이 나오면 보리에게 알려줘야겠다 싶었고, 보리 음료를 보면 보리가 떠올랐다. 뉴스를 보다가 아나운서 자리에 보리가 대신 앉아 뉴스 진행을 하는 상상도 했다. 보리는 방송 대본을 참 재밌게 잘 썼다. 이상한 옷차림을 한 사람을 보면 보리가 말한 방송 멘트가 떠올랐다.

"가끔 도저히 이해할 수 없는 이상한 옷을 입은 사람을 만나게 되잖아요. 그럼 그냥 모른 척해주세요. 어쩌면 그 사람은 벌을 받고 있는지도 모르거든요. 친구들끼리 내기를 해서 졌기에 그런 옷을 입은 거죠. 분명 그 사람도 오늘 무척 창피할 테니, 절대 뒤돌아 바라보지도 말고, 시선을 주지도 말고 지나쳐요, 우리."

방학식 전날로 돌아갈 수 있다면, 보리가 고백하는 일을 어떻게든 막고 싶다. 그날 일이 없었다면 예전처럼 지낼 수 있었을 텐데.

경진의 말처럼 돈 쓰는 게 아까워서 보리의 고백을 거절한 게 아니다. 물론 여자 친구를 사귀면 선물도 해야 하고, 데이트 비용도 필요하다. 돈 안 쓰는 남자를 여자들은 별로 좋아하지 않는다. 하지만 보리는 그런 애가 아니다. 민수가 돈을 잘 안 쓴다고 싫어하지 않았을 거다.

저녁 6시가 훌쩍 넘었지만 아직 햇볕이 쨍쨍하다. 가방에 든 샴푸가 무거워 오늘따라 걷는 게 더 힘들다. 민수는 한숨을 길게 내쉬었다. 왜 이렇게 무거운 것투성이인지 모르겠다. 민수는 양손으로 어깨에 멘 책가방 끈을 붙잡은 후 계속 걸었다.

만화를 그리길 참 잘했어

옆자리에 앉은 여진이 코를 훌쩍였다. 여진은 가방에 손을 넣어 휴지를 찾았지만 주위가 어두워 물건을 찾는 게 여의치 않은 듯했다. 김 감독이 뒷주머니에서 손수건을 꺼내 건넸다. 그걸로 여진은 눈가를 닦았다.

뮤지컬이 끝난 후 배우들의 커튼콜이 이어졌다. 고개를 돌려 슬쩍 바라보니 여진은 무척 감동받은 표정이다. 공연 중반부가 지나고부터, 여진은 내내 울다 웃기를 반복했다. 웃는 건 이해가 갔지만, 김 감독은 도대체 어느 부분이 눈물샘을 자극한 건지 갸우뚱했다. 그런데 다른 관객들 역시 여진과 같은 반응을 보였다. 관객들 대부분이 중년 이상의 여자들이다.

"저기, 이건 제가 세탁해서 돌려드릴게요."

여진이 손수건을 가방에 넣으며 말했다. 김 감독이 괜찮다며 그냥 가지셔도 되는데,라고 말하려는데 왼편에 앉은 민수가 김 감독의 옆구리를 쿡 찔렀다. 민수는 고개를 절레절레 저었다. 김 감독은 아차 싶었다. 손수건을 받는 핑계로 여진을 한 번 더 만날 수 있다.

"그만 가실까요?"

"네."

셋은 자리에서 일어났다. 공연장 밖으로 나오기 전 여진이 잠시 화장실에 들렀고, 그 앞에서 김 감독은 민수와 함께 기다렸다.

"공연 어땠냐?"

"저도 뭐, 그냥……"

민수도 느낀 바가 별로 다르지 않은 듯했다. 김 감독은 자기감정에 문제가 있는 게 아니라 다행이다 싶었다. 혹여 나이가 들어 감정이 무디어진 게 아닌가 싶어 조금 걱정했다.

"그래도 카페 사장님은 재밌으셨나 봐요."

"그러게 말이다."

이 뮤지컬을 고른 건 민수다. 아니, 오늘 만남을 전부 민수가 기획했다.

3일 전, 여느 날처럼 점심을 먹은 후 김 감독은 민수와 함께 카페 조인에 갔다. 민수는 뜬금없이 여진에게 뮤지컬을 보지 않겠느냐고 물었다. 김 감독은 이 녀석이 무슨 헛소리를 하나 싶어 탁자 아래에서 발로 민수 다리를 찼다. 하지만 민수는 김 감독의 발길질을 피하며 계속 여진에게 말을 걸었다. 김 감독 앞으로 뮤지컬 초대권이 여러 장 왔는데, 마침 민수의 방학 숙제가 공연 감상문 쓰기라 김 감독과 둘이 가기로 했다며, 시간이 되면 여진도 같이 가자는 거였다. 김 감독은 처음 듣는 이야기였다. 선물 받은 뮤지컬 초대권 같은 건 없었다. 나중에 물어보니 민수의 방학 숙제도 그런 건 없었다. 민수가 공연 제목을 말하자, 여진은 안 그래도 친구들 사이에서 인기라 꼭 보고 싶은 작품이었다며 함께 가겠다고 했다. 민수는 요즘 중년 여성들 사이에서 한창 인기몰이 중인 엄마와 딸의 이야기를 담은 뮤지컬을 골랐고, 둘은 작업실로 돌아와 뒤늦게 표를 구했다.

"작품 너무 좋았어요. 엄마 생각나서 혼났어요."

여진이 김 감독에게 좋은 공연 보여줘서 고맙다는 인사를 했다.

"저녁은 제가 대접할게요. 감독님 덕분에 이런 좋은 작품도 보고 너무 좋네요."

여진은 평소보다 목소리가 조금 더 들떠 있다. 좋은 작품의 힘이다. 비록 현실이 아닌 가상의 이야기로 내 이야기가 아닌 타인의 삶을 그리지만, 좋은 작품을 보고 나면 뭔지 모를 기운이 솟아난다.

"저기, 저는 지금 가봐야 해서요."

공연장을 나서며 민수가 말했다. 여진은 민수에게 그러지 말고 같이 저녁을 먹으러 가자고 했다. 이 근처에 맛있는 식당이 있다며 말이다.

"엄마가 오늘 일찍 오신다고 같이 저녁 먹자고 하셨어요. 죄송해요."

"같이 먹으면 좋은데……"

김 감독은 자신의 말에 스스로도 깜짝 놀랐다. 전혀 마음에도 없는 소리를 할 수도 있구나 싶었다. 민수는 먼저 가보겠다는 인사를 하고 가버렸다.

"감독님, 한식 어떠세요? 이 근처에 잘하는 집이 있거든요. 막 고급스럽고 그런 건 아닌데, 딱 집 밥이에요."

"네, 좋습니다."

"10분 정도 걸어야 하는데, 택시 타고 갈까요?"

"아뇨. 날씨도 좋은데 걷죠. 여진 씨는 괜찮으세요?"

"네. 저도 걷는 거 좋아해요."

오후 7시가 넘어서며 해가 어스름하게 졌다. 살랑살랑 기분 좋게 바람도 분다. 여름은 유일하게 따듯한 바람을 누릴 수 있는 계절이다. 봄가을의 저녁 바람은 쌀쌀하고, 겨울바람은 살이 에일 정도로 차갑다.

"민수 참 싹싹해요. 그죠, 감독님?"

"네."

김 감독이 민수를 만난 지도 벌써 3주가 되어간다. 처음엔 중학생 남자아이라고 해서 귀찮을 줄만 알았는데, 민수가 오고 나서 편한 게 많았다. 점심을 함께 먹을 상대가 있는 것도 나쁘지 않고, 무엇보다 민수가 오면 심심하지 않다. 민수는 김 감독에게 웹툰에 대해서도 알려주었다. 일본은 만화 잡지가 대부분이라 김 감독은 책으로 만화를 보는 게 익숙하다. 한국의 유명 웹툰 역시 단행본으로 출간된 것만 보았다. 하지만 민수는 웹툰은 연재할 때 보는 게 맛이라며 한번 보라고 했다. 민수 말대로 웹툰은 책으로 보는 것보다 스크롤을 내려가며 보는 게 더 잘 맞았다.

건물 사이로 들어갔더니 2층짜리 양옥집이 나왔다. 여진은 바로 여기라고 했다. 시내에 이런 곳이 다 있나 싶었다. 김 감독은 여진을 따라 안으로 들어갔다. 식당은 가정집을 개조한 듯 보였다. 여진은 이 집의 메뉴는 정식 한 가지라며, 그걸로 2인분을 주문했다.

"최 피디님은 요즘 바쁘신가 봐요? 카페에 안 오시더라고요."

"아, 최 피디는 잠깐 일본 들어갔어요."

피터 스튜디오에서 제작한 다른 감독의 영화가 곧 개봉 예정이다. 그 일로 요즘 최 피디는 정신이 없다.

"이번에는 좀 오래 계시나 봐요. 감독님 보통 한 달 이상은 안 계셨잖아요."

"9월부터 대학 특강을 나가기로 했거든요. 그래서 12월까지는 있을 예정이에요."

여진은 잘됐다고 말했다. 김 감독은 진심인지 아니면 그냥 하는 말인지 궁금했지만 직접 물어볼 수는 없었다.

잠시 후 음식이 하나씩 나오기 시작했다. 된장찌개에 고등어구이, 제육볶음, 연근조림 등의 반찬은 한정식 집에서 나오는 정갈한 느낌보다는 집에서 먹는 투박한 모양이다.

"제가 이런 걸 좋아해요, 감독님. 막 예쁘고 아기자기한 것보다는요."

"아, 네."

김 감독은 민수의 말이 떠올랐다. 여자치고 친절한 남자를 싫어하는 사람 없다는. 그래서 김 감독은 뒷말을 덧붙였다.

"저도 이런 거 좋아합니다. 아주 맛있겠네요."

여진이 방긋 웃으며 먹자고 말했다. 제육볶음은 생각보다 매웠다. 김 감독은 매운 음식을 잘 먹지 못한다. 이마에 땀이 나기 시작했고, 김 감독은 아무래도 자신이 추해 보일 것 같아 걱정이 되었다. 옛날엔 안 그랬는데 언젠가부터 뜨겁거나 매운 음식을 먹으면 땀이 났다.

손수건을 꺼내기 위해 뒷주머니에 손을 넣었는데 없다. 아까 공연을 보던 중에 여진에게 건넨 게 생각났다. 김 감독은 급하게 식탁 위에 있는 휴지를 꺼내 이마를 닦았다.

"저기, 감독님."

여진이 손으로 김 감독의 얼굴을 가리켰다. 휴지가 얼굴에 달라붙었나 보다. 김 감독은 휴지를 들고 있던 오른손으로 다시 이마를 닦았다. 그랬더니 땀 때문에 휴지가 더 달라붙었다. 자신의 모습이 얼마나 웃길까 생각하니 얼굴이 화끈거렸다. 김 감독은 휴지를 내려놓은 후 양 손바닥으로 이마 쪽을 여러 번 문질렀다.

"이제 됐어요, 감독님."

"아, 네."

"매운 거 잘 못 드시나 봐요?"

"네."

"그렇구나. 그럼 이거 드세요."

여진은 제 앞에 있는 고등어구이를 새 젓가락으로 발라 김 감독 앞에 놓아주었다.

"전 다 잘 먹어요."

김 감독은 매운 걸 못 먹는다는 말을 괜히 했나 싶었다. 주변에서 김 감독에게 애들 입맛이라고 했을 때는 먹는 거에 나이가 어디 있냐며 큰소리쳤지만, 지금은 왠지 부끄러웠다.

"제가 음식을 안 가리는 이유는 음식을 못해서예요. 저 음식 아주 못해요. 그래서 아들이 방학하는 걸 안 좋아했어요."

"왜요?"

"방학하면 집에서 밥 먹어야 하잖아요. 학교에서는 급식을 먹으니까요. 아들 친구들은 급식 맛없다고 남기고 그러는데, 저희 아들은 맛있다고 잘 먹었대요. 워낙 제가 음식을 못해서요. 뭐 바빠서 음식 해준 적도 없어요."

"여진 씨는 무슨 일을 하셨어요?"

"아, 제가 은행을 오래 다녔어요. 동기들은 결혼하고 아이 키우면서 많이 그만뒀는데, 어쩌다 보니 저는 못 그랬어요. 애 아빠가 신장이 안 좋아서 일을 못 했거든요. 그래서 제가 대신 일했어요. 은행 퇴직하고 좀 쉬다가, 아무래도 집에만 있으면 안 될 것 같아서 카페를 차렸어요. 친구들은 카페 사장이라 부럽다고 하지만,

아휴 이게 또 쉽지가 않네요. 요즘은 한 집 건너 카페니까요."

"그렇죠."

"어머, 제가 너무 혼자만 얘기했죠? 얼른 드세요."

김 감독은 여진의 이야기가 조금도 지루하지 않았다. 아니, 오히려 여진의 이야기를 더 듣고 싶었다. 여진이 어떤 인생을 살았는지 궁금했다. 여진을 알게 된 지도 2년이 넘었는데, 이렇게 길게 이야기해본 건 오늘이 처음이다.

"감독님이 맛있게 드셔주셔서 좋네요."

김 감독은 밥 한 공기를 다 비웠다. 민수와 함께 점심을 먹게 된 이후로 식사량이 늘었다. 함께 먹는 사람이 맛있게 잘 먹으니 덩달아 잘 먹게 되었다.

식사가 끝난 후 후식으로 수정과가 나왔다. 음식점에 들어온 지 얼마 되지 않은 것 같은데 벌써 한 시간이나 흘렀다.

택시 정류장 쪽으로 걸어가며 김 감독은 아까 하지 못한 말이 계속 입에서 맴돌았다. 몇 번이나 하려고 했지만 차마 나오지 않았다.

"그래도……"

"네?"

"여진 씨가 내린 커피는 아주 맛있어요."

김 감독은 간신히 이 말을 밖으로 꺼냈다. 이 말만큼은 꼭 해주고 싶었다.

"그래요? 그럼 다행이네요. 음식도 못하는데 커피까지 못 내리면 너무 슬프잖아요."

여진이 활짝 웃으며 대답했다.

"저 감독님 영화 찾아봤어요."

"아, 그러세요?"

"아들한테 말했더니, 디브이디를 구해 왔더라고요. 만화 영화는 아들 키울 때 보고 정말 오랜만에 봤어요."

김 감독은 아무 말도 하지 않았다. 여진이 어떻게 보았을까. 영화 첫 시사회에서의 관객 반응보다 더 궁금했다.

"사실 감독님 좀 무서웠는데, 만화 보고 나니까 그런 생각이 사라졌어요. 이런 만화를 만드시는 분이면 분명 좋은 사람일 거라는 생각이 들더라고요."

택시가 정류장 안으로 들어왔다. 김 감독은 택시 뒷문을 열어 여진에게 먼저 타라고 했다. 마음 같아서는 집까지 데려다주고 싶지만, 그러면 여진이 부담을 느낄 거다. 김 감독은 택시 기사에게 잘 부탁한다고 당부한 후 문을 닫았다.

김 감독은 뒤에 오는 택시를 타지 않았다. 바람이 여전히 따듯하다. 이 바람을 좀더 느끼고 싶다. 김 감독은 천천히 여진과 함께 걸었던 길을 되돌아 걸었다.

애니메이션 감독이 되길 잘했다. 만화 영화를 만들길 참 잘했다. 김 감독은 계속 그 생각을 했다.

아무래도 괜한 일을 저지른 것 같다. 이제 와 후회해봐야 늦었다. 왜 그런 말을 해서 일을 이렇게 만든 걸까. 아직 시사회장에 도착하지도 않았지만, 오늘은 김 감독에게 결코 쉽지 않은 하루가 될 듯하다.

"우와. 저 이렇게 좋은 차 처음 타봐요. 감독님 진짜 부잔가 봐요. 히히."

앞좌석에 앉은 경진이 고개를 돌려 김 감독을 바라보며 말했다.

"저 이거 집안 가보로 간직할 거예요."

경진이 사인받은 종이를 꺼내 보이며 말했다.

"그러지 마라."

"에이, 쑥스러워하시긴."

"누가 쑥스러워했다고 그러냐? 너는 가보로 할 게 그렇게 없냐?"

"나중에 제 자식들이 가난해지면 이거 팔라고 할 거예요. 세계적인 피터 김 감독님의 사인이니 비싸게 팔리겠죠? 흐흐."

김 감독은 고개를 뒤로 젖히며 한숨을 토했다. 경진이 당돌한 건지 순수한 건지, 지금 자신이 화를 내야 하는 건지 좋아해야 하는 건지 가늠이 안 되었다.

"가족들한테 오늘 감독님이랑 영화 시사회 간다고 하니까 다들 난리도 아니었어요. 사진 찍어 와라, 사인 받아 와라. 이따가 사진도 찍어주세요."

김 감독이 대답을 하지 않자 운전을 하던 최 피디가 대신 그러실 거라며 걱정하지 말라고 했다. 경진은 고개를 앞으로 돌렸다가 이내 다시 김 감독 쪽으로 돌아봤다.

"사인도 한 장 더 해주시면 안 될까요? 저희 형도 감독님 팬이거든요."

"알았다, 알았어. 제발 좀 조용히 가면 안 되겠니?"

"네, 히히. 감독님 부탁이라면 얼마든지 그렇게 하죠."

경진은 김 감독이 화를 내도 태연히 웃으며 받아쳤다. 김 감독은 창문을 열어 바깥공기를 마셨다. 근 30년 동안 멀미를 한 적이 없는데, 오늘따라 머리가 빙빙 돌았다. 그나마 오늘 김 감독이 잘한 일은 옆자리에 민수를 태운 일이다. 경진이 김 감독 옆에 앉겠다는 걸, 이상하게 불길한 예감이 들어 민수에게 앉으라 했다.

김 감독은 여진과 문자를 주고받는 사이가 되었다. 함께 밥을 먹고 난 이후 훨씬 가까워진 느낌이다. 지난 2년 동안 불가능했던 일이 민수 덕분에 이루어졌다. 민수에게 고마운 마음이 들어, 초대받은 영화 VIP 시사회에 갈 생각이 있느냐고 물었다. 민수는 당연히 가겠다고 했다. 그러면서 혹시 자기 친구를 데려와도 되느냐고 물었다. 자신만 가면 배신자 소리를 들을 거라며 말이다. 표를 한 장 더 구하는 건 어려운 일이 아니었기에 그러라 했다. 김 감독은 알지 못했다. 그 친구가 말이 많고, 또 말이 엄청 빠른 아이라는 것을.

"전 감독님 만화 영화의 여자 주인공이 너무 예쁜 거 같아요. 실제로 그렇게 예쁜 여자가 있으면 당장 사귀자고 할 거예요. 고백을 거절당하면 또 고백할 거예요. 미인과 사귀려면 그 정도는 감수해야죠. 히히."

경진은 딱 10초 조용히 한 후 다시 재잘댔다.

"민수도 그림 잘 그리긴 하는데 여자 그림은 잘 못 그려요. 별로 안 예뻐요. 감독님 보신 적 있어요?"

지나가다가 탁자에 놓여 있는 민수의 노트를 몇 번 봤다. 만화를 그리는 것 같은데, 그림체가 아주 독특했다. 선 하나로 인물 하나를 다 그렸다. 쉬워 보이지만 그런 그림이 더 그리기 어렵다.

"민수도 옛날에는 감독님처럼 만화를 그리고 싶다고 했는데, 이젠 그럴 생각이 없대요."

"야, 조용히 좀 해."

민수가 뭐라고 하자 그제야 경진은 좀 잠잠해졌다.

잠시 후 시사회장 주차장에 도착했다. 김 감독은 최 피디가 주차를 하자마자 얼른 차에서 내렸다.

"우와! 저거 밴 아니에요? 연예인인가 봐요!"

"그러게. 대박!"

차에서 따라 내린 경진과 민수가 주차장에 세워진 차를 보고 호들갑을 떨었다.

"오늘 연예인도 오는 거야?"

"당연하지. VIP 시사회잖아."

"아, 이럴 줄 알았으면 잘 차려입고 오는 건데. 민수야, 나 어때? 괜찮아 보여?"

"응. 뭐 괜찮아."

"고작 괜찮은 정도야?"

"멋있어."

"그래? 다행이다. 뭐 너도 괜찮아."

둘은 킬킬대며 웃었다. 대체 연예인을 보는 것과 이 아이들이 잘 차려입고 오는 게 무슨 상관이 있는 건지 김 감독은 그 연관성을 도저히 이해할 수 없었다.

"감독님, 이쪽으로 가시면 돼요."

최 피디가 건물 입구 쪽으로 김 감독과 아이들을 안내했다. 엘리베이터를 타고 극장이 있는 10층으로 올라가는데, 경진이 갑자기 숨을 몰아쉬었다.

"민수야, 어떡해. 나 떨려. 나 연예인 처음 본단 말이야."

"야, 기죽지 마. 연예인이 뭐 별거냐."

"너 연예인 본 적 있어?"

"아니."

"역시. 그래서 넌 나랑 친구인 거야."

"우리 사진 많이 찍자."

"당연하지. 내가 단톡방에 쫙 돌릴 거야."

김 감독은 얼른 엘리베이터 문이 열리기만을 바랐다. 불현듯 초등학교 동창 재석이 앓고 있다는 공황장애가 떠올랐다. 재석은 30년간 근속한 회사에서 퇴직을 했다. 정년을 다 채웠고, 퇴직 전에 만나면 아내와 함께 세계 일주를 떠날 거라느니 뭐니 하며 기대된다는 말을 했다. 그런 재석은 퇴직 후 우울증을 앓더니 공황장애까지 생겼다. 그는 사람 많은 곳에 가는 것도 어렵고, 좁은 공간에 갇혀 있는 걸 못 견뎌 엘리베이터를 못 탄다고 했다. 그래서 재석은 17층 아파트에서 결국 단독주택으로 이사를 갔다. 공황장애가 어떤 증상인지 들어도 이해가 가지 않았는데, 지금은 어렴풋이 알 것도 같다. 두 소년은 종알종알 쉬지 않고 이야길 했고, 엘리베이터 안 산소가 확 줄어드는 기분이 들었다.

엘리베이터가 열리자 김 감독은 제일 먼저 내렸다. 극장 입구에 기자들이 쫙 모여 있다. 기자들이 알아보면 골치 아파질 거다. 김 감독은 뒷걸음질을 쳤다. 그러다가 등 뒤의 누군가와 부딪쳤다. 고개를 돌려보니 경진이 빙긋 웃고 있다. 앞엔 기자, 뒤엔 경진. 김 감독은 한숨을 쉬며 차라리 앞으로 걸어가는 걸 택했다.

"피터 김이다!"

기자 한 명이 김 감독을 알아봤고, 이내 기자들이 우르르 몰려왔다. 최 피디가 기자들을 막아서며 포토 존에 가서 기다려달라고 부탁했다. 김 감독은 최 피디를 노려보았다. 포토 존이라니, 아예 대놓고 사진을 찍히라는 것이다.

"포토 존에서 몇 장 찍어주시고 극장 안으로 들어가시는 게 편하실 거예요."

제작사 측에서 나온 직원이 김 감독을 중앙 홀에 마련된 포토 존으로 안내했다. 이미 도착한 연예인이 여럿 있었지만, 직원은 김 감독이 먼저 포토 존에 설 수 있도록 해주었다. 김 감독은 카메라를 향해 어색하게 미소 지으며 손을 흔들었다.

"감독님, 활짝 웃으셔야죠!"

경진이 언제 또 자리를 잡았는지 기자들 사이에서 소리쳤다. 김 감독은 아주 활짝 웃어 보였다. 경진이 또 뭐라고 하기 전에 말이다. 영화만 끝나봐라, 뒤도 안 돌아보고 집으로 돌아갈 거다. 김 감독은 그 생각을 하며 꾹 참았다.

사진을 찍은 후 김 감독은 극장 안으로 들어갔다.

"감독님 짱이에요. 다른 연예인들 다 발라버리는 거 봐."

경진이 김 감독 옆에 바짝 붙은 채 따라 걸으며 양손 엄지손가락을 치켜들고 말했다. 다른 연예인들이 기다리고 있는데 사진을 먼저 찍은 걸 두고 대단하다고 호들갑을 떨었다. '발라버린다'는 말이 누른다는 뜻인가 보다고 김 감독은 대강 짐작했다. 김 감독은 조금 으쓱했다. 내가 이런 사람인 걸 알았으니 경진이 좀 예의를 갖추겠지 기대하고 있는데, 민수가 한마디 툭 던졌다.

"야, 넌 장유유서도 모르냐? 나이 많은 감독님이 기다리셔야겠어?"

"아아, 그렇구나."

김 감독은 아무 말도 못 하고 끙 소리만 냈다. 김 감독은 경진과 민수를 먼저 자리에 앉으라고 들여보낸 후, 최 피디 등을 밀었다. 최대한 경진과 멀리 떨어져 영화를 볼 생각이다.

자리에 앉아 영화가 시작하기를 기다리고 있는데, 누군가가 다가와서 인사를 했다.

"감독님, 잘 지내셨어요? 한국 오셨다는 이야기 들었어요."

20대 초반의 여자다. 누구더라 생각하고 있는데, 옆에서 최 피디가 귀에 대고 조용히 "사토리요" 하고 말했다. 지난번 김 감독이 연출한 애니메이션의 한국어 더빙을 맡은 배우 '유지'다. 유지는 한국뿐 아니라 일본, 중국에서 최고로 잘나가는 배우 겸 가수다. 김 감독의 열성 팬인 그녀가 먼저 더빙을 하고 싶다고 연락을 했었다. 녹음실에서 한 번 만났는데, 그때와 달라 못 알아봤다. 그때는 수수한 대학생처럼 보였는데, 오늘은 한껏 꾸미고 와서 완전히 다른 사람 같았다.

"참, 음반 보내준 거 잘 받았어요."

유지는 아이돌 그룹에도 속해 있어, 음반이 나오면 김 감독에게 잊지 않고 보냈다.

"어머, 감사해요. 그럼 재밌게 보세요, 감독님."

유지가 자기 자리로 돌아갔다. 김 감독은 이번에는 왜 경진이 아무 말 안 하나 싶어 고개를 돌려봤다. 경진은 턱이 빠진 사람처럼 입을 벌린 채 김 감독을 바라보고 있었고, 그 옆에 앉은 민수마저 경진과 복사라도 한 듯 똑같았다.

영화가 끝난 후 극장을 빠져나오는데, 한 남자가 김 감독 옆을 따라왔다.

"감독님, 안녕하세요. 한서일보 문화부의 박석우 기자입니다. 지난번 학교에서 인터뷰할 때 인사드렸는데……"

"아, 네."

"저희 인터뷰 한번 해주세요. 세계로 가는 한국인 감독 특집 기사를 준비 중이거든요. 감독님께서 지금 준비하고 계신 영화 이야기를 많은 사람들이 궁금해하고 있어요."

뒤늦게 김 감독을 따라 나온 최 피디가 기자를 막아 세웠다.

"죄송합니다. 감독님이 인터뷰하는 거 싫어하셔서요. 지난번 간담회에서 이야기한 거로 쓰시면 됩니다."

제작사 직원들이 김 감독을 보고 달려왔다. 직원들은 김 감독을 둘러싼 후 엘리베이터 앞까지 움직였다. 기자는 계속 따라왔지만 직원들 때문에 더 이상 다가오지 못했다.

"오늘 와주셔서 정말 감사해요. 감독님 덕분에 홍보 많이 될 듯해요."

직원들이 몇 번이고 고맙다는 말을 했다. 엘리베이터가 도착했고, 김 감독은 직원들에게 인사를 한 후 엘리베이터에 올랐다.

"감독님, 근데 인터뷰하는 거 왜 싫어하세요?"

경진이 물었다.

"감독은 작품으로만 말하는 거다."

김 감독의 대답에 경진은 "오오, 간지!" 하고 소리쳤다. 경진은 곧바로 다른 질문을 던졌다.

"아! 궁금한 거 또 있어요. 왜 영화 예고편에 내용이 안 나와요? 감독님 영화는 예고편을 봐도 무슨 내용인지 모르겠어요."

이건 민수도 예전부터 궁금했다. 김 감독 영화는 개봉 직전까지 줄거리가 공개되지 않는다. 김 감독은 대답 대신 커피를 마시고 싶다고 최 피디에게 말했다.

1층에 있는 카페로 들어갔다. 민수와 경진은 메뉴를 직접 고르겠다며 최 피디를 따라 카운터로 갔다.

"감독님이 영화 내용을 노출 안 하는 건 실은 이유가 있어."

줄을 서서 기다리던 도중에 최 피디가 말을 꺼냈다. 민수와 경진은 알려달라며 졸랐다.

"20년도 더 된 이야기일 거야. 피터 스튜디오가 한창 자리를 잡아가던 중에 제작 초기부터 작업 과정을 공개한 영화가 있었대. 그런데 개봉 후에 비평가들에게 엄청난 혹평을 받았고, 대중들한테도 철저하게 외면받았다는 거야. 그 이후로 감독님이 제작 과정을 숨기신다고 들었어. 우리도 가족들한테 감독님 영화에 대해서는 절대 미리 이야기 안 해. 스튜디오 내의 철저한 비밀이지. 한번은 바깥에 이야기가 나와서 영화를 뒤엎은 적도 있다니까."

민수는 이제까지 김 감독이 조금 유별나다고 생각했는데, 듣고 보니 이해가 갔다.

김 감독과 최 피디는 커피를, 민수와 경진은 팥빙수를 주문했다.

"야, 건우 봤어? 키 엄청 작더라."

"그러게. 난 큰 줄 알았는데 완전 배신이야."

"그럼 유비스 다 키 작겠다. 유비스에서 건우가 제일 크잖아."

"김서현은 생각보다 예쁘더라."

"응. 난 그냥 평범한 얼굴이라고 생각했거든."

김 감독은 아이들이 친구 이야기를 하는 줄 알았는데, 최 피디가 연예인 이야기라고 알려주었다.

"근데 유지는 엄청 예쁘더라!"

"완전 여신! 나 3일 동안 눈 안 씻을 거야."

"나도 나도. 아, 악수 한번 해봤어야 했는데."

"감히 유지 여신님과 악수를? 본 것만으로 만족해라."

"그렇지? 우리가 언제 그렇게 가까이서 유지를 보겠냐."

민수와 경진은 쉴 새 없이 떠들었다.

"제가 이렇게 유명한 감독님을 알다니, 아 너무 신기해요!"

경진이 숟가락을 손에 쥔 채 잔뜩 흥분해서 말했다. 김 감독 얼굴에 미소가 번졌다. 의례적인 어른들의 칭찬과는 다르다. 언제부터였더라. 칭찬을 좋아하는 김 감독이지만 사람들의 칭찬이 매번 반갑지는 않았다. 대단하세요, 훌륭하세요,라는 말 뒤에 무엇을 숨겼을까 의심하게 되었다. 아카데미에서 수상을 한 이후로 그런 일이 잦았다. 말로는 칭찬하지만 뒤돌아서서 그게 뭐가 대단한지 모르겠다며, 그 정도는 아니지 않느냐며 말하는 이들이 많았다. 하지만 경진은 지금 진심으로 말하고 있다.

"저녁은 뭐 먹고 싶으냐?"

김 감독이 민수와 경진에게 물었다. 둘은 저녁까지 사주시는 거냐며 좋다고 소리 소리를 질렀다. 누가 보면 방학이 연장이라도 된 줄 알 거다.

"비싼 거 먹어도 돼요?"

경진이 물었고, 민수가 옆에서 안 된다고 했다.

"괜찮다. 나 돈 많아."

"그럼 저 초밥이요!"

경진이 인디언처럼 오호호 소리를 내며 말했다.

"민수 너도?"

"감독님, 얘 초밥 킬러예요. 근데 민수는 비싸서 생일날만 초밥 먹을 수 있대요."

경진이 민수에게 어깨동무를 하며 말했다.

"그래, 그럼 그걸 먹자꾸나."

김 감독은 최 피디에게 근처 초밥집이 어디 있는지 알아보라고 했다. 민수와 경진은 아싸, 아싸 소리를 스무 번 이상 하면서 입맛을 다셨다. 둘은 연예인을 볼 때보다 훨씬 더 좋아했다. 김 감독은 도대체 두 녀석이 초밥을 얼마나 좋아하면 저럴 수 있을까 생각하다가, 초밥이 아니었어도 그랬을 거라는 걸 깨달았다.

네가 진짜로 원하는 게 뭐야?

민수는 책상 앞에 멍하니 앉아 있었다. 책상 위에 펼쳐져 있는 노트엔 민수가 그린 만화 「맹맹과 마요」가 있다. 김 감독의 말이 계속 귀에서 맴돌았다. 정말 그럴까? 민수는 고개를 저었다. 아니다. 절대 쉽지 않을 거다.

지난주 민수는 김 감독 작업실에 만화 노트를 두고 왔다. 김 감독은 민수가 그린 「맹맹과 마요」가 재미있다며, 자신이 보고 싶으니 얼른 다음 내용을 그리라고 했다. 그러더니 오늘은 웹툰 작가 데보라가 고등학생인 걸 알고는 "너도 못 할 게 없겠구나"라는 말을 했다. 데보라는 민수가 제일 좋아하는 웹툰 작가로 애니메이션 고등학교 2학년에 재학 중인 학생이다. 데보라는 중학생 때 '도전! 나도 만화가' 코너에 작품을 올리다가 작년에 「여기 누가 있어?」로 정식 데뷔를 했다. 중학생 남자아이 다섯 명이 미스터리를 풀어나가는 내용인데, 10대들에게 특히 인기가 좋다.

김 감독은 데보라처럼 웹툰으로 그려보는 게 어떻겠냐고 했다. 책 출판 시장에서는 10대가 데뷔하는 게 어렵지만, 웹툰은 누구에게나 열려 있지 않느냐며 말이다. 물론 프로 웹툰 작가가 되는 건 쉽지 않지만, 작품을 올려서 독자에게 선보이는 건 인터넷에서는 얼마든지 가능하다.

현관문이 열리는 소리가 들렸고, 민수는 후다닥 노트를 접어 서랍 속에 넣었다. 거실로 나가보니 엄마가 집 안으로 들어오고 있었다.

"다녀오셨어요."

"응, 아들. 삼겹살 사왔어."

"웬 삼겹살이에요?"

"지나가는데 마트에서 할인한다고 홍보하더라고. 얼른 차려줄게."

"엄마, 먼저 씻으세요. 제가 준비할게요."

민수는 엄마 손에서 장바구니를 받아 든 후 주방으로 들어갔다. 싱크대 안에서 전기 프라이팬을 꺼내 식탁 위에 설치한 후, 쌈 채소를 물에 씻었다. 냉장고에서 쌈장이랑 김치, 마늘을 꺼냈다. 마늘을 썰고 있는데 옷을 갈아입은 엄마가 주방으로 들어왔다.

"벌써 다 차려놨어? 아들이 엄마보다 낫다니까."

"앉으세요, 엄마. 피곤하시잖아요."

"그럼 내가 고기 구울게."

엄마가 전기 프라이팬 위에 삼겹살을 올리기 시작했고, 고소한 냄새가 집 안 가득 퍼졌다.

"민수야, 얼른 앉아서 먹어."

"다 했어요."

민수는 냉장고에서 물통을 꺼내 컵에 따른 후 식탁 위에 올려놓았다.

"난 전생에 나라를 구했나 봐. 이런 착한 아들을 낳다니. 다들 나보고 어떻게 아들을 이리 잘 키웠느냐고 묻는데, 내가 그걸 어찌 아니. 내가 잘 키운 게 아니라 민수 네가 스스로 잘 큰 거잖아."

엄마가 흐뭇하게 민수를 바라보며 말했다.

"참, 너 그 감독님 작업실에는 이번 주까지만 가면 되는 거지?"

"네."

다음 주 월요일이면 개학이다. 김 감독 작업실에는 방학 동안에만 가기로 했다.

민수가 다 익은 고기를 엄마 앞쪽으로 놓아주었다. 엄마는 고기를 상추에 싸서 먹었다.

"엄마, 만화를 그리는 직업은 참 좋은 거 같아요. 감독님 너무 멋져요."

만화 이야기를 할 때 김 감독의 눈은 유독 반짝반짝 빛난다. 자신이 좋아하는 일을 할 수 있다는 건 얼마나 즐거운 일일까. 함께 있다 보면 김 감독의 나이를 잊는데, 그건 바로 김 감독의 눈 때문이었다. 나이 많은 어른들은 대부분 세상의 모든 것을 다 알고 있기에 더 이상 궁금한 게 없다는 눈빛을 하고 있다. 하지만 김 감독은 그렇지 않다.

"엄마, 저도 만약에……"

"엄만 절대 싫어, 그런 거. 알지?"

엄마는 대번에 민수의 말을 자르고는, 고기를 먹다 말고 눈을 부릅뜬 채 민수를 바라보았다.

"네."

민수가 힘없이 대답했다. 그때도 엄마는 그랬다. 초등학생 때 민수는 미술 대회에 나가 상을 꽤 많이 받았다. 미술 학원에 다닌 아이들보다 민수가 수상을 더 많이 했다. 초등학교 저학년 때만 해도 엄마는 민수가 상 받아 오는 걸 좋아했지만, 고학년이 되자 더 이상 그림을 그리지 말라고 했다. 그림 같은 거 다 쓸데없다며 말이다. 민수는 엄마가 시키는 대로 더 이상 대회에 나가지 않았다.

"잘되는 건 정말 소수잖아. 엄만 별로야, 예술 하는 거. 예술가들이 대부분 다 얼마나 힘들게 사는데. 그 감독님은 몇천 명, 아니 몇만 명 중 한 명일 거야."

"뭐, 그렇긴 해요."

"민수야, 사람은 현실을 제대로 볼 줄 알아야 해. 꿈 같은 건 팔자 좋은 사람들 얘기라고. 알지?"

민수는 알겠다고 고개를 끄덕였다.

"참, 올해도 대덕연구소에서 중학생 과학 캠프 한대. 개학하면 담임 선생님한테 추천서 써달라고 해."

"거기 꼭 가야 해요? 비쌀 텐데."

"엄마가 알아봤는데 자기 비용 부담은 얼마 안 돼. 그리고 비싸도 엄마가 너한테 그거 하나 못 해주겠어? 한민이도 거기 다녀와서 너무 좋았대. 선주 이모도 네가 다녀오면 좋을 거라더라."

한민은 엄마 친구인 선주 이모의 아들이다. 어릴 적부터 공부를 잘했고 지금은 서울대 기계공학과에 다니고 있다. 엄마는 민수가 한민처럼 되는 게 소원이다. 초등학생 때 과학 경시대회에 나가 상을 받은 적이 있는데, 엄마는 그걸 두고 민수가 과학 분야에 엄청난 재능이 있다고 믿고 있다. 하지만 민수는 수학, 과학에 별로 흥미가 없다.

"너도 한민이처럼 되지 말란 법 있니? 너는 더 잘할 수 있어. 엄마는 너 믿어. 알지?"

엄마는 '알지'를 발음할 때, '알'은 짧게, 그리고 '지'는 길게 늘이면서 올린다. 그 말을 들으면 마치 최면에 걸리는 것 같다.

"네. 담임 선생님한테 말씀드릴게요."

고기를 다 먹었다. 엄마가 치우겠다고 하는 걸 민수는 혼자 치울 수 있다며, 엄마에게 방으로 그만 들어가 쉬라고 했다. 아파트 분양 사무소에서 일하는 엄마는 주말도 없이 일할 때가 많다. 이번 주 토요일과 일요일에도 출근을 해야 한다고 했다.

"그럼 엄마 좀 쉴게. 오늘 좀 피곤하네."

엄마가 방으로 들어간 후 민수는 싱크대로 그릇을 옮기고 설거지를 시작했다.

민수도 잘 알고 있다. 엄마가 민수를 얼마나 힘들게 키웠는지. 민수가 일곱 살 때, 사업을 하던 아빠는 빚만 잔뜩 남긴 채 돌아가셨다. 아빠가 죽은 후에도 빚쟁이들은 끊임없이 집으로 찾아왔다. 그래서 민수와 엄마는 집으로 들어올 때 혹시 누가 따라오지 않나 주위를 두리번거렸고, 집 안에 있을 때는 아무도 없는 척하기 위해 밤에 불도 켜지 않고 지냈다. 엄마는 선주 이모와의 전화 통화에서 "나도 확 민수 아빠 따라가버리고 싶어"라고 하며 울었다. 민수는 엄마가 정말 아빠처럼 자기를 두고 가버릴까 봐 너무나 두렵고 무서웠다. 엄마가 사라지는 악몽을 꾸면 그날 내내 기분이 좋지 않았다. 그래서 엄마를 실망시키는 일은 하지 않으려고 했다. 엄마가 시키는 일은 전부 다 했고, 하지 말라는 일은 하지 않았다.

여자 친구를 사귀는 일도 그랬다. 초등학생 때까지만 하더라도 엄마는 민수가 좋아하는 여자애가 있다고 하면 웃었지만, 중학생이 되자 태도가 달라졌다. 공부에 방해된다며 여자 친구 사귀는 건 절대 안 된다고 했다. 그런 건 노는 아이들이나 하는 거라고 했다. 여자아이들과 친하게 지내는 것도 엄마는 싫어했다. 작년에 민수를 좋아한 같은 반 여자애가 있었는데, 엄마는 그 아이를 무척 못마땅하게 여겼다. 그래서였다. 보리의 고백을 거절한 건. 보리와 사귀게 되면 엄마는 많이 실망할 거다. 그리고 엄마 말처럼 성적이 떨어질지도 모른다. 중학교에 올라와 여자 친구 사귄다고 성적 떨어진 아이들을 꽤 많이 봤다. 엄마 말은 대부분 맞다. 그렇기에 엄마가 시키는 대로 하는 건 잘하는 일이다. 하지만 민수는 가끔 엄마가 너무 무겁다.

프라이팬에 달라붙은 그을음이 잘 떨어지지 않았다. 민수는 수세미로 그 부분을 더욱 박박 닦았다.

개학을 이틀 앞두고 방송부원 호출이 왔다. 2학기 방송 계획을 짜야 해서 방송부원들끼리 모여 회의를 하기로 했다. 민수는 어제 3학년 부장인 도준에게 전화를 걸어 2학기 방송 진행은 못 할 것 같다고 말했다. 보통 1년씩 진행을 맡아 하지만, 학기마다 진행자가 바뀌는 경우도 있다. 도준은 알았다며 2학기 진행자를 새로 구하겠다고 했다.

2시가 조금 넘어 방송부 아이들이 다 도착했다. 부장 도준이 진행을 맡았다.

"학교에서 2학기에도 아침 방송이랑 점심 방송 그대로 하래. 1학기랑 동일하게 진행할까?"

방송은 하루에 두 차례 한다. 조회가 시작되기 전에 하는 아침 방송에서는 주로 책 속 좋은 글귀나 명언을 읽어주며 그에 맞는 음악을 틀어주고, 점심 방송은 아이들의 사연과 신청곡을 받아 진행된다.

"참, 2학기 때 점심 방송 진행은 이보리랑 김시후가 할 거야."

도준이 그 말을 할 때 민수는 슬쩍 보리를 쳐다보았다. 보리도 이미 알고 있었는지 표정에 별 변화가 없다. 민수는 다행이다 싶었다.

"포맷은 어떻게 할까? 그대로 해? 좋은 의견 있으면 뭐든 이야기해봐."

도준이 방송부 아이들을 죽 둘러보며 말했다.

"저기……"

보리가 손을 들었다.

"아침 방송이 조금 지루하다는 의견이 있어요. 아무래도 아침에 졸린데 책을 그대로 읽어주니까요. 요즘 고민 상담 프로그램이 많이 생겼던데, 저희도 그걸 해보면 어때요? 익명으로 고민을 받아 풀어주는 거예요."

보리가 또박또박 의견을 말했고 도준은 좋은 아이디어라고 했다.

"뭐야? 그럼 내가 지루하게 진행했다는 거야?"

갑자기 3학년 주연이 샤프를 탁자 위로 던지며 말했다. 주연은 아침 방송 진행을 맡고 있는 디제이다.

"아뇨, 언니. 그게 아니라 방송이 지루하다고 애들이 그래서……"

"그러니까 내가 방송을 지루하게 했다는 거잖아. 참 나, 얘가 아주 선배를 우습게 아네."

보리가 그런 뜻이 아니라고 말했지만, 이미 3학년 여자 선배들은 눈에 불을 켜고 보리를 노려봤다.

"이보리, 너 눈에 뵈는 게 없구나? 이게 어디서 훈계질이야! 선생님이 좀 예뻐하니까 네가 제일 잘난 줄 알지?"

이번엔 3학년 유라다. 유라는 주연과 단짝이다.

"진짜 우리가 졸업 얼마 안 남아서 그냥 넘어가려고 했는데, 이보리 너 너무 건방져. 툭하면 이래라저래라. 그렇게 잘났으면 개인 방송 해. 왜 여기 있어?"

"모르지. 여기가 자기 개인 방송국이라고 생각하는지도. 피디 잘라버려, 같이 진행하는 사람 바꿔치워. 자기 하고 싶은 대로 다 하잖아."

"그러게. 너 우리도 방송부 나갔으면 좋겠지? 우리가 선배 같지도 않지?"

3학년 여자 선배들이 한마디씩 했고 방송실 분위기가 급격하게 냉랭해졌다. 민수는 이때다 싶어 달려드는 여자 선배들도 얄밉고, 눈치만 보며 끼어들지 않는 남자 선배들도 짜증 났다.

"오늘은 여기까지 하자."

남자 선배들이 자리에서 일어나 여자 선배들을 데리고 나갔다. 1, 2학년들은 움직이지도 못하고 그대로 있었다. 잠시 후, 보리가 가방을 집어 들고 방송실에서 나갔다.

"야, 우리도 그만 가자."

시후가 남은 아이들에게 말했고, 하나둘 가방을 챙겨 방송실을 나섰다.

"먼저 가. 나 교실에 좀 가봐야 해서."

민수는 친구들과 함께 나가지 않고 5층 옥상으로 향하는 계단 쪽으로 갔다. 옥상 문은 안전을 위해 잠겨 있지만, 문 앞에 작은 공간이 있다. 보리는 학교에 사람이 너무 많아 답답할 때면 그곳에 간다고 했다. 거긴 과학실 옆에 있어 아이들이 잘 다니지 않는다.

계단 맨 위쪽에 주저앉아 있는 보리가 보였다. 보리는 무릎을 팔로 끌어안은 채 고개를 푹 숙이고 있었다.

"괜찮아?"

보리는 고개를 들지 않았다. 훌쩍이는 소리가 들렸고, 민수는 계단 위로 올라갔다.

"네 잘못 아냐. 너 틀린 말 하지 않았어. 괜히 누나들이 시비 거는 거야."

민수가 보리 옆에 두 뼘쯤 떨어진 곳에 앉으며 말했다. 조금이나마 보리를 위로해주고 싶었다.

"누나들 빼고 다 알아. 네 말이 맞다는 거. 진짜 이상한 누나들이야. 정말 치사해. 정말정말 치사해."

보리는 아무 대꾸도 하지 않았다.

"미안해, 보리야. 괜히 나 때문에 네가 오해받아서. 진행은 내가 안 하겠다고 한 건데."

사정을 모르는 여자 선배들은 보리가 원한 거로 알고 있다. 이번에도 보리만 억울하게 됐다. 1학기 때 점심 방송 피디를 담당한 2학년 여자아이가 있었는데, 방송 시간에 늦기 일쑤였다. 일주일에 다섯 번 방송 중 세 번을 늦었다. 참다못한 보리가 부장인 도준에게 알렸고, 그 아이는 도준에게 혼난 후 아예 방송부를 나가버렸다. 그 여자애는 여자 선배들과 친한 편이었고, 그 때문에 보리는 더 미움을 샀다.

"가."

보리가 얼굴을 무릎 위에 파묻은 채 말했다.

"주민수, 나한테 말 걸지 마. 너는 내게 지구에 없는 존재야. 나는 널 명왕성에 버리고 왔어."

"왜 하필 명왕성이야? 명왕성은 행성이 아니잖아. 행성으로 인정받은 거, 취소됐잖아."

"그래서야. 그래서 널 행성도 아닌 명왕성에, 지구에서 제일 먼 곳에 버렸다고! 나는 네가 세상에서 제일 싫어. 언니들보다 백만 배, 아니 천만 배 더 싫어. 나는 네가, 세상에서, 아니 우주에서, 제일제일 싫어."

보리가 울먹이며 말했다.

"나도. 나도 내가 싫어, 보리야."

갑자기 보리가 고개를 들어 민수를 노려보았다.

"재수 없어!"

보리는 벌떡 일어나 성큼성큼 계단을 내려갔다. 민수는 그대로 가만히 앉아 보리가 사라진 곳을 하염없이 바라보며 명왕성에서 지구까지 거리가 얼마나 되는지 상상해보았다. 아마 엄청 멀 거다. 너무나 멀 거다. 지구와 명왕성이 너무 멀어서 민수는 슬펐다. 너무나 슬펐다.

토요일 저녁, 민수는 자령의 식사 초대를 받았다. 김 감독 작업실에서 몇 번 자령과 만났는데, 김 감독과 함께 저녁을 먹으러 오라 했다.

식사 초대에 빈손으로 가는 건 예의가 아닌 것 같아, 집 앞 제과점에서 카스텔라를 샀다. 아무래도 부드러운 빵이 좋을 듯했다.

"안녕하세요."

민수는 김 감독과 함께 자령의 집 안으로 들어갔다. 자령과 오랜 시간을 함께한 가구들과 베란다에 죽 늘어선 화초가 눈에 띄었다. 자령은 3년 전 남편과 사별한 후 혼자 살고 있다. 딸과 아들은 모두 결혼해서 손주들이 민수보다 더 나이가 많다고 들었다.

"이런 걸 뭘 사왔어. 그냥 오지."

자령이 민수가 들고 있는 카스텔라를 받아 들며 말했다.

"얼른 손 씻고 나와. 다 차려놨어."

집 안에는 맛있는 냄새가 가득했다. 주방 식탁 위에는 불고기 전골과 삼색전, 잡채, 샐러드가 차려져 있다.

"요즘 애들 입맛을 몰라서 그냥 내가 맛있다 싶은 거로 만들었어."

"우와, 무슨 명절 같아요. 그럼 잘 먹겠습니다!"

옆에 앉은 자령이 민수 밥 위에 불고기를 한 점 올려주었다. 민수는 후후 불어가며 음식을 먹기 시작했다.

"너무 맛있어요. 저 밥 두 그릇도 먹을 수 있을 것 같아요."

진짜로 음식은 하나같이 맛있었다.

"같이 드세요."

밥을 먹던 민수가 자령에게 말했다. 자령은 몇 숟가락 뜨지도 않고 민수가 먹는 모습을 지켜봤다.

"난 만들면서 먹었어. 너 많이 먹어라."

자령이 흐뭇하게 웃었다.

"참, 민수야."

"네."

"왜요?"

자령의 부름에 민수와 김 감독이 동시에 대답했다. 자령은 김 감독, 하고 다시 불렀다.

"귀 뒤를 잘 씻어."

자령은 앞뒤 다 잘라먹고 이야기할 때가 많다. 김 감독은 왜 그래야 하느냐고 물었다.

"나이 든 남자들 냄새나는 게 다 귀 뒤에서 나는 거래. 그러니까 잘 씻어라."

"왜? 나한테 냄새나요?"

"아니. 나중에 날까 봐. 명색이 유명한 감독인데 몸에서 냄새난다고 사람들이 뒤에서 뭐라고 하면 어쩌냐. 넌 아내가 없어서 그 말을 해줄 사람이 나뿐이잖냐."

김 감독은 잔소리가 지겹다고 투덜대면서 귀 뒤를 슬며시 만졌다.

식사가 거의 끝날 때 즈음 김 감독의 휴대폰 벨이 울렸다. 액정을 확인한 김 감독은 슬며시 의자에서 일어나 화장실로 들어갔다. 민수는 전화를 건 사람이 누군지 안다. 여진이 분명하다. 요즘 김 감독은 부쩍 여진과 가까워졌다. 민수에게 몇 번 여진의 문자에 뭐라고 답을 쓰면 좋을지 묻기도 했다.

"도대체 누군데 저러나."

자령이 화장실 쪽을 바라보며 물었지만 민수는 모른 척했다.

식사가 끝난 후, 카스텔라와 자령이 직접 만든 식혜로 후식까지 먹었다. 9시쯤 되자, 텔레비전을 보던 자령이 꾸벅꾸벅 졸기 시작했다. 김 감독은 그만 가보겠다며 민수를 데리고 일어섰다.

민수가 인사를 하고 나오는데 자령이 주머니에 든 봉투를 꺼내 민수에게 주었다. 민수가 괜찮다며 받지 않으려고 했지만, 자령은 할머니가 주는 용돈이라며 계속 받으라고 했다. 옆에 있던 김 감독마저 민수에게 받으라고 했다. 하는 수 없이 민수는 자령이 준 용돈을 받았다. 자령의 주머니에 오래 들어 있었는지 봉투가 따뜻했다.

"감독님, 화 좀 내지 마세요."

"내가? 언제?"

"자주 그러시잖아요. 아까도 여사님이 골고루 먹으라고 하니까 버럭 하시고."

민수가 옆에서 지켜본바 김 감독은 화를 자주 냈다. 민수는 진심으로 김 감독의 건강이 걱정되었다.

"화가 나니까 화를 내지. 너는 화 안 내냐?"

"네. 전 잘 안 내요. 화가 나는 일이 있을 때면 생각해요. 이 일이 과연 한 달이나 1년 뒤에도 화가 날 일인가. 그러면 화가 좀 덜

나요."

"쳇, 난 그건 싫다. 지금 나는 여기 있는데, 무슨 한 달이나 1년 뒤의 내 감정을 더 헤아리고 있냐?"

김 감독이 고개를 절레절레 저었다.

"그럼 넌 좋은 일이 생겨도 내년에도 좋아할 건지 따져보고 좋아하냐?"

"그건 아니에요."

"난 화나면 화낼 거고, 좋으면 좋아할 거다. 숨기거나 억누르고 사는 거 딱 질색이라고."

민수는 제 말의 의도가 그게 아니라고 하려다가 그만두었다. 김 감독이 또 버럭 하면 곤란하니까.

"그나저나 내일모레 개학이라고?"

"네."

"이제 작업실에 안 오겠구나. 뭐, 나도 9월부터는 학교에 나가야 해서 매일 있지는 않을 거야."

민수는 서운한 마음이 앞섰다. 매일 왔다 갔다 하는 게 조금 번거롭긴 했지만, 김 감독과 보내는 시간은 즐거웠다. 경진이나 보리와 같이 있을 때 느끼는 재미와는 많이 달랐다. 앞으로 김 감독 작업실에 가지 못한다고 생각하니 아쉽기만 했다.

"뭐, 심심하면 가끔 놀러 와라. 나는 강의가 있는 수요일을 제외하곤 작업실에 있을 거란다."

"정말 가도 돼요?"

민수가 활짝 웃으며 물었고, 김 감독은 마음대로 하라고 퉁명스러운 척 말했다.

"감독님 일하시는 거 절대 방해 안 할게요. 감독님이 오지 말라는 날에는 안 갈게요."

민수가 신이 나서 말했다.

"「맹맹과 마요」, 정말 재밌다."

"감사해요."

"진짜야. 나 빈말 못 하는 거 알잖니."

김 감독의 칭찬에 민수는 쑥스럽기만 했다. 세계 최고의 애니메이션 감독이 민수의 만화를 재밌다고 해주다니, 당장이라도 민수 두 발에 풍선이 달려 두둥실 날아오를 것만 같았다.

"인터넷에 올려보라니까."

"아뇨. 욕만 먹을 거예요, 분명."

민수는 바늘로 풍선을 뻥뻥 터뜨려 곧바로 현실로 돌아왔다. 엄마 말대로 현실을 똑바로 바라봐야 한다. 현실은 절대 만만하지 않다.

"만화가가 꿈이라며? 만화 그릴 때 제일 즐겁다며? 다 거짓말이었어?"

"거짓말은 아니에요."

처음 김 감독을 찾아갔을 때 편지에 썼다. 김 감독처럼 만화를 그리고 싶다고. 김 감독이 편지 내용을 기억하고 있을 줄은 몰랐다.

"하지만 만화를 좋아한다고 다 만화가가 될 수 있는 건 아니잖아요."

"하고 싶으면 하면 되지. 뭐가 걱정이냐?"

민수는 한숨을 내쉬었고, 김 감독은 왜 그러냐고 물었다.

"감독님은 성공했으니까 그리 말씀하시는 거잖아요. 감독님이 성공 못 하셨어도 그리 말씀하셨겠어요?"

"그럼 넌 내 나이 돼서 뭐라고 말할 건데? 만화 그려봐야 잘될지 안 될지 몰라서 아예 시도조차 안 했다고 할래? 그래서 참 잘했다고 말할 거야?"

민수는 자신이 김 감독의 나이가 되었을 때를 상상해보려고 애썼다. 그러나 너무 먼 나중이라서 상상이 잘되지 않았다. 10년이나 20년 뒤도 아니고 50여 년 뒤라니, 과연 그런 날이 오긴 올까. 하지만 민수 앞에 서 있는 김 감독에게도 민수의 시절이 있었을 거다. 처음부터 노인인 사람은 없으니까.

"민수야."

길을 걸으며 김 감독이 나지막한 목소리로 이름을 불렀다.

"네가 스스로 못 한다고 여기면 정말로 아무것도 못 하게 돼. 왜 해보지도 않고 지레짐작으로 포기부터 하려고 하냐. 노인들이 죽을 때 가장 후회하는 게 뭔 줄 아냐?"

"아뇨."

"좀더 많은 모험을 해보지 못한 거라더라. 난 절대 후회하는 삶은 살고 싶지 않다. 넌 안 그러니?"

민수는 아무런 대답도 하지 못했다.

"하고 싶은 거 해라. 그런다고 큰일 안 나. 아니, 그래야 큰일이 생긴다. 하고 싶은 일도 하지 못하고 '쫄보'처럼 살면 아무 일도 안 생겨."

김 감독은 그 말을 하면서 계속 걸었지만, 민수는 걸음을 멈춰 선 후 혼자서 그 말을 곱씹었다.

2부 우리가 살고 있는 시간

두근두근 나날들

민수는 스크롤을 내려 댓글을 하나하나 확인했다. 이번 화에는 총 스물다섯 개의 댓글이 달렸다.

아, 진짜 맹맹 어쩔~

유치해.

이게 뭐임?

맹맹 귀여움. 나 아는 애 중에 맹맹 같은 애 있음.

어디서 웃어야 함?

웃겨. ㅋㅋㅋㅋㅋ

반 정도는 재밌다 했지만, 나머지는 유치하다거나 별로라고 했다. 칭찬 댓글을 보면 기분이 좋지만, 비난 댓글에는 다른 사람인 척하며 재댓글을 달고 싶어진다. 전 재밌기만 한데,라며 말이다. 민수는 몇 번 올리려던 걸 참았다. 욕 댓글은 기분 나쁘지만, 그래도 어떤 점이 이상한지 알려주는 댓글은 조금 고맙다. 다음 화를 그릴 때 반영할 수 있으니까. 어떤 댓글이 달렸는지 궁금해서 요즘 민수는 인터넷을 자주 확인하게 된다.

민수는 3주 전부터 인터넷 포털 사이트의 '도전! 나도 만화가' 코너에 '리피'라는 닉네임으로 「맹맹과 마요」를 올린다. 일주일에 두 번씩 매주 화요일과 금요일마다 올리는데, 조회 수가 조금씩 늘어나고 있다. 첫 주 조회 수가 40, 68이었는데, 이번 주 조회 수는 100이 넘었다. 민수는 노트에 그려두었던 것을 그림용 태블릿을 이용해 다시 그렸다. 지난번 자령에게 받은 용돈으로 태블릿을 구매했다. 종이에 그리는 것과 별반 다르지 않을 거라 생각했는데, 처음이라 그런지 좀 헤맸다. 그래도 그리면 그릴수록 태블릿에 그리는 게 편해졌다.

와이파이 지역을 벗어나 인터넷이 더는 되지 않았다. 민수는 주머니에 휴대폰을 넣은 후 버스 정류장으로 갔다. 학교에서 나온 민수는 집이 아닌 김 감독 작업실로 향했다. 이번 주엔 처음 가는 거다. 월요일엔 학교 끝나고 친구들이랑 축구를 하느라, 화요일엔 방송부 모임이 있어서, 수요일과 목요일은 김 감독이 일이 있다고 해서 가지 못했다.

초인종을 눌렀지만 안에서 응답이 없다. 민수는 다시 한 번 벨을 눌렀다. 감독님이 안 계시나? 어제저녁에 오늘 학교 끝나고 간다고 문자를 보냈고, 김 감독에게 알겠다는 답이 왔다. 전화를 걸려고 하는데 문이 열렸다.

"왔냐?"

김 감독은 낮잠을 자고 일어났는지 뒷머리가 부스스했다.

"전 어디 가셨나 했어요."

"에이, 귀찮아서 도저히 안 되겠다."

민수는 김 감독을 방해한 건가 싶어 미안했다.

"83105398. 외워라."

"네?"

김 감독이 암호처럼 숫자를 다시 한 번 말했다.

"현관 비밀번호다. 앞으로 네가 직접 누르고 들어와."

민수는 휴대폰 메모장에 김 감독이 알려준 비밀번호를 적었다.

거실 탁자 위에 컵라면과 맥주 캔이 어질러져 있다. 오늘은 도우미가 오지 않는 날이다. 민수는 가방을 내려놓고 탁자 위의 쓰레기를 치우기 시작했다. 김 감독은 주방으로 들어가 물을 벌컥벌컥 마셨다.

"오늘도 새벽에 주무셨어요? 자령 여사님이 그러지 말라 하셨잖아요."

"난 올빼미형 인간이다. 누나랑 근본적으로 다르다고."

김 감독이 거실에 있는 민수를 향해 소리쳤다. 정리를 하던 민수는 김 감독 책상 앞에 섰다. 김 감독이 그린 콘티 그림이 있다. 얼마 전부터 김 감독은 콘티 작업을 시작했다. 그건 시나리오가 조금씩 풀리고 있다는 뜻이다. 김 감독은 현재 작업 중인 영화에 대해 민수에게 들려주었다.

"감독님, 제 만화 조회 수가 몇인 줄 아세요?"

"모른다."

"자그마치 100이에요. 100!"

민수는 이걸 자랑하고 싶어 계속 입이 근질거렸다. 물론 김 감독에게 그 정도 조회 수는 아주 우스울 거다. 김 감독의 애니메이션을 본 관객 수는 세계적으로 따져보면 천문학적이다. 그래도 김 감독에게 꼭 자랑하고 싶었다.

"뭐 점점 나아지긴 하더라."

김 감독의 말에 민수는 주방으로 조르르 달려갔다.

"정말요? 근데 많이 유치해요? 어떤 사람은 맹맹이랑 마요가 초딩 같대요. 근데 웃기긴 하지 않아요? 자꾸 사람들이 이야기하는 게 신경 쓰여요. 유치하다고 하면 덜 유치하게 그려야 하나 싶어요. 어떻게 하는 게 맞을까요?"

민수는 쉬지 않고 김 감독에게 질문 폭탄을 날렸다. 김 감독은 바로 대답하지 않고 주방 식탁 의자에 앉았다. 민수도 맞은편에 따라 앉았다.

"사공이 많으면 배가 산으로 간다는 이야기가 있다. 다른 사람의 의견을 들어야 하지만, 처음부터 휘둘리면 네가 원하는 게 뭔지 모를 수가 있어."

민수는 그렇긴 하다며 고개를 끄덕였다.

“정 궁금하면 네 만화의 주 독자인 연령대의 사람한테 한번 물어봐라, 뭐라고 이야기하는지. 네 친구들에게 물어봐. 그게 제일 정확할 거다.”

김 감독 말대로 또래 친구들이 가장 정확한 조언을 해줄 것 같긴 하다. 「맹맹과 마요」는 10대 남자아이들의 이야기이기 때문이다. 하지만 친구들은 아직 민수가 웹툰을 연재한다는 걸 모른다. 친구들이 알게 되면 엄마 귀에 들어갈 수 있어 말하지 않았다. 엄마가 알게 되면 절대로 안 된다.

민수는 어질러진 탁자를 치운 후 그 위에 노트를 꺼냈다. 김 감독도 작업을 해야 한다며 책상 앞으로 가서 앉았다.

“근데 감독님, 캐릭터가 꼭 일관성이 있어야 해요? 사람들이 맹맹 캐릭터가 좀 헷갈린다고 해요. 맹한 거 같은데, 또 똘똘하기도 하다면서요.”

민수는 맹맹이 맹하기만 한 건 아니라는 걸 보여주고 싶어, 가끔 맹맹이 논리적인 말을 하는 장면을 넣었다. 하지만 댓글 중에 ‘맹맹 캐릭 왔다 갔다 함’이란 게 있었다.

“캐릭터라는 게 도대체 뭐예요?”

“말 그대로 성격이지. 네 만화 같은 일상 이야기는 성격이 이야기를 만들어가는 데 큰 역할을 해.”

맹맹은 맹하긴 하지만 때때로 똑똑한 모습을 보여주어 친구들을 놀라게 하는 반면, 마요는 주로 독특한 행동을 계속한다. 민수는 맹맹에게 더 마음이 갔지만, 댓글을 보면 마요 캐릭터를 더 좋아하는 사람이 많았다.

“똑같은 상황에 처해 있더라도 성격에 따라 다른 행동을 해. 그게 바로 캐릭터야. 맹맹 같은 경우, 맹한 줄 알았던 애가 갑자기 똑똑하게 굴면 독자들은 혼란스러워할 수 있어. 왜 악역이 착한 행동을 하면 의심하잖아. 혹시 다른 의도가 있진 않을까 하고.”

“하지만 한 가지 모습만 갖고 있는 건 좀 이상하잖아요. 나쁜 사람이라고 다 나쁜 것도 아니고, 착한 사람이라고 매번 착하지는 않으니까요.”

“현실에선 그렇지. 하지만 이야기에선 좀 달라.”

“어려워요.”

민수는 자신이 봤던 만화나 드라마, 영화를 떠올렸다. 대부분 한 가지 캐릭터를 가지고 있긴 했다.

“캐릭터에 변화를 주려면 그에 걸맞은 사건이 있어야 해. 아무 계기 없이 변화해버리면 만화를 보는 사람은 헷갈릴 수밖에 없어.”

만화를 그리려면 그림만 잘 그리면 되는 줄 알았다. 하지만 웹툰을 연재하다 보니 이야기를 개연성 있게 꾸려나가는 게 아주 중요했다.

“소설책도 좀 봐야겠어요.”

“당연하지. 만화가라고 만화만 봐서는 절대로 좋은 작품 못 그린다고. 영화, 소설, 뉴스, 동화 등등 많은 이야기를 봐야 해.”

민수는 노트에 맹맹, 캐릭터, 변화 등등 생각나는 단어를 모조

리 적었다. 고민 없이 무작정 이야기를 시작해버린 건 아닐까 하는 걱정도 들었다.

"역시 감독님이 진짜 감독님이 맞으시군요."

"그럼 내가 가짜 감독이냐?"

"그건 아닌데, 가끔 제가 감독님이 얼마나 대단한 분인지 잊을 때가 있거든요."

민수가 헤헤 웃으며 말했다. 처음에는 김 감독이 세계적 거장이라고 해서 어렵게만 느껴졌는데, 어느샌가 그 사실을 잊은 채 대할 때가 많았다.

"그나저나 나도 지로 캐릭터를 잘 정리해야 하는데 큰일이다."

김 감독은 지로와 이다의 이별 장면이 마음에 들지 않아 계속 수정 중이다.

한창 각자 작업을 하고 있는데, 김 감독이 민수를 불렀다.

"저기 말이다."

김 감독은 민수를 똑바로 바라보지 못하고 거실 벽 쪽을 이리저리 살피며 딴청을 피우는 척했다. 민수는 곧바로 여진과 관련된 일이라는 걸 알아차리고는 무슨 일이냐고 물었다. 민수의 눈치가 빠른 편이기도 하지만, 김 감독의 마음이 워낙 투명하게 드러나 쉽게 알 수 있다.

"너, 여자들한테 선물도 해봤냐?"

"네."

"어떤 걸 해봤냐?"

“제가 그린 그림이나 휴대폰 케이스, 샤프 같은 거요.”

품목을 들은 김 감독은 흐음 하고 소리 내며 고개를 갸우뚱했다. 아무래도 민수가 적절한 고민 상담자는 아닌 듯싶었다.

“왜요? 카페 사장님한테 선물하시려고요?”

“어?”

민수는 금세 김 감독의 의중을 알아차렸다.

“뭔데요? 어떤 걸 선물하고 싶으세요?”

“그게 말이다. 내가 엊그제 학교에서 어떤 여교수를 만났는데, 그 교수가 한 스카프가 아주 예쁘더라고. 여진 씨가 하면 딱일 것 같다는 생각이 자꾸 드는 거야. 근데 선물을 하면 여진 씨가 부담스러워할 테지? 그래도 정말 예쁠 텐데 말이야.”

김 감독은 매우 심각해 보였다. 쓰고 있는 시나리오에 대해 말할 때도 이 정도는 아니었다.

“뭘 부담스러워하세요? 그냥 주면 되죠.”

“부담스러워하지 않을까? 아! 그러면 이건 어떠냐?”

“뭐요?”

“누나 것 사면서 하나 더 샀다고 하는 거지.”

민수가 인상을 찡그렸다.

“으, 그건 완전 별론데. 무슨 마마보이도 아니고. 여자들이 그런 거 제일 싫어해요.”

“쳇, 네가 여자도 아니면서 뭘 알아?”

“어휴, 감독님. 그건 여자가 아니어도 알 수 있는 거예요. 그러니까 그건 말이죠. 음, 누가 감독님 영화를 봤어요. 그런데 그 사람 말이 공짜 표가 생겨서 봤는데 재밌더라고, 하는 거랑 같은 거예요."

"진짜 그 정도냐?"

김 감독이 의심쩍은 눈으로 민수를 바라봤다.

"네."

민수가 아주 단호하게 대답했다.

"그럼 도대체 이걸 뭐라고 하면서 준단 말이냐?"

"그냥 주세요. 차라리 솔직하게 아는 교수님이 했는데 너무 예쁘더라. 그래서 카페 사장님 생각이 나서 샀다, 하면 되는 거예요."

"그건 좀 그렇지 않냐? 마치 내가 여진 씨 생각만 하고 사는 사람 같잖냐."

"그렇게 자존심 세우다 보면 아무것도 못 해요. 그런데 벌써 스카프 사신 거예요?"

방금 전 김 감독은 '이걸'이라고 말했다. 그렇다면 선물이 작업실에 있다는 거다. 민수의 물음에 김 감독은 딴청을 피웠고, 몇 번 더 묻자 결국 그렇다고 실토했다.

"이미 사셨으면서 뭘 더 고민하세요? 제가 시키는 대로 하세요. 어쩌면 이번 기회에 카페 사장님 마음을 더 확실하게 알 수 있을지도 몰라요. 부담스러워 못 받겠다고 하면 사장님은 감독님한테 마음이 없는 거예요."

"그런 거냐?"

김 감독의 표정이 더 심각해졌다. 민수는 괜히 더 걱정시켰나 싶었다.

"저라면 그냥 줄 거예요. 잘 어울릴 것 같아서 샀다,라고 말하면서요. 저라면 그럴 거예요."

민수는 '나라면 화법'을 사용했다. 이건 제법 효과적인 상담 방법이다. 어떻게 해야 할지 고민하는 사람이 알고 싶은 건, 이 상황에 다른 사람이라면 어떻게 할까이다. 나만 이상한 행동을 하지 않을까 싶어 고민하는 건데, 다른 사람도 같은 행동을 한다는 걸 알면 걱정이 줄어든다.

"혹시 카페 사장님이랑 만날 약속은 잡으셨어요?"

"모레 만나기로 했다."

"그럼 그때 주세요. 이건 스카프가 아니다, 그냥 과일 하나다, 라고 생각하시면서요."

김 감독은 계속 심각했다. 그런 김 감독을 보고 있으니, 순간 민수는 김 감독이 제 또래의 친구처럼 느껴졌다.

노트에 메모를 하던 민수는 시계를 보며 시간을 확인했다. 오늘 5시에 발표가 난다고 했다.

"감독님, 저 잠깐 인터넷 좀 써도 돼요?"

"그래라."

김 감독이 의자에서 일어나 비켜주었다. 민수는 떨리는 마음으로 마우스를 움직였다.

"우와, 대박!"

민수는 소리를 질렀고, 놀란 김 감독이 무슨 일이냐며 다가왔다.

"저 뽑혔어요! 제가 뽑혔다고요!"

민수는 모니터를 손가락으로 가리키며 이게 바로 자기 아이디라고 했다.

"뭔데 그래?"

"데보라와의 만남이요! 이번 코믹 박람회에 데보라가 와서 행사하거든요. 당연히 안 될 줄 알았는데, 제가 스무 명 안에 들었어요!"

민수는 계속 우와, 우와 하고 감탄사를 섞어 말했다.

"데보라? 그 고등학생 웹툰 작가? 그게 뭐 별거라고."

"별거가 아니라니요. 경쟁률이 얼마나 센데요. 천 명도 넘게 신청했을 거예요. 작년에도 응모했는데 떨어졌어요."

작년엔 데보라의 팬인 보리와 같이 응모했지만 둘 다 되지 않았다.

"데보라가 그렇게 인기가 많냐?"

"그럼요. 인기 엄청 많아요. 조회 수 1위에, 방송에도 자주 나와요. 데보라 만나는 게 제 소원이었어요."

데보라를 직접 만날 생각을 하니 민수는 너무 설렜다. 책에 사인도 받고 궁금한 것도 물어볼 거다.

"코믹 박람회에 사람 많이 오냐?"

"그럼요. 만화 좋아하는 사람들은 다 모여요."

“그러냐? 나도 거기서 와달라고 사정사정했지만 안 간다고 했다. 난 사람 많은 데는 딱 질색이거든.”

“네.”

민수는 김 감독의 말을 듣는 둥 마는 둥 하며 인터넷으로 코믹 박람회 장소를 확인했다. 부천이라 조금 멀긴 하지만, 데보라를 만나려면 그 정도는 충분히 감수할 수 있다. 날짜도 딱 좋다. 10월 둘째 주로 중간고사가 끝난 토요일이다.

“만화가가 만화만 재밌게 잘 그리면 되지, 행사는 무슨.”

김 감독이 계속 툴툴거렸다. 민수는 고개를 돌려 김 감독을 슬쩍 바라보았다. 김 감독은 심통이 난 듯했다.

“감독님이 오시면 천 명이 뭐예요. 아마 5천 명은 신청했을 거예요.”

“당연하지.”

“안 간다고 하길 잘하신 거예요. 감독님 오시면 다른 만화가들은 주목도 못 받을 거예요.”

민수는 좀 과하다 싶었지만, 김 감독은 미소 띤 얼굴로 물론이라고 말했다.

“내가 신인 때 말이다.”

김 감독이 데뷔 시절 이야기를 꺼냈다. 종종 김 감독은 민수에게 자신이 영화를 만들던 때 이야기를 들려준다. 다른 어른들이 옛날이야기를 들려주면 다 자기 자랑 같거나 먼 과거 이야기 같아서 재미없지만, 김 감독의 이야기는 그렇지 않다. 민수는 “그래서요?" "정말요?"라고 계속 김 감독에게 이야기해달라고 조른다. 그러면서 슬며시 김 감독의 이야기에 자신을 집어넣었다. 만약 나라면 그렇게 할 수 있었을까? 하고 말이다. 김 감독과 함께 있으면 마치 인생을 자신이 원하는 대로 예습하는 것 같아 즐겁다.

현관문을 열고 집으로 들어서는데 거실 불이 켜져 있다. 엄마가 오늘은 일찍 퇴근했나 보다. 엄마는 거실로 뛰어나오며 큰 소리로 말했다.

"축하해, 민수야."

"네?"

민수는 엄마가 무슨 말을 하는지 이해가 가지 않았다. 아까 집으로 오면서 경진에게 데보라와의 만남에 당첨됐다는 문자를 보냈다. 설마 그게 엄마에게 잘못 간 걸까? 하지만 엄마는 데보라가 누군지도 모른다.

"그것 봐. 엄마가 너 갈 수 있을 거라고 했잖아."

"어딜요?"

"과학 캠프 말이야. 너 거기 가게 됐어."

지난달 엄마 성화에 못 이겨 지원서를 낸 후 완전히 잊고 있었다. 지원자가 많아 당연히 안 될 줄 알았는데, 쓸데없는 당첨 운이 여기에도 따라붙었다.

"정말 너무 잘됐어. 뭔가 차근차근 진행되는 느낌이야."

엄마는 콧노래까지 불렀다. 고작 과학 캠프에 참가하게 된 것뿐인데, 엄마는 벌써 민수가 한민이 다니는 대학에라도 합격한 것처럼 기뻐했다. 엄마의 기분에 맞춰주기 위해 민수도 기쁜 척했다.

민수는 방으로 들어가려다가 엄마에게 캠프 날짜가 언제냐고 물었다.

"언제긴. 다다음주 금, 토, 일이잖아."

민수는 하아, 하고 숨을 토해냈다. 하필 코믹 박람회와 날짜가 겹치다니. 민수의 어깨는 아래로 축 처졌지만, 엄마의 콧노래 소리는 점점 커졌다.

기대한 일들만 생기는 건 아니지만

부산에서 왔다는 남자애가 자리를 옮기려다 민수의 팔을 툭 쳤다.

"거기 그렇게 서 있으면 우야노?"

"아, 미안."

민수는 뒷걸음질을 치며 비켜주었다. 쇼트커트를 한 여자애는 민수를 한번 쳐다보더니 한숨을 내쉬었다. 민수는 이 상황이 너무 민망하기만 했다.

과학 캠프 첫날 프로그램은 조별끼리 드론 만들기다. 재료와 설계도를 받자 민수를 제외한 다른 네 명의 조원들은 오오, 소리를 내며 열광했다. 완제품 드론을 갖고 놀아본 아이들은 있지만, 직접 만들어본 적은 없다고 했다. 선생님들은 설계도의 일부를 지웠다. 그래서 나머지는 아이들끼리 머리를 짜내어 드론을 완성해야 한다. 정확히 만든 팀에는 드론이 하나씩 선물로 주어진다.

“이렇게 해보자.”

“아이다. 그리하면 망친다. 여기에 끼우는 게 맞다.”

“어어, 그러네?”

조원 아이들은 다들 신난 상태다. 민수가 아무 의견도 내지 않고 가만히 있자, 아이들은 자연스레 민수에게 아무 일도 시키지 않았다.

“나 화장실 좀.”

드론 만들기에 열중하느라 민수의 말을 듣지 못했는지 조원 누구도 대꾸하지 않았다. 민수는 조용히 문을 열고 강당을 빠져나왔다. 시원한 공기를 마시자 가슴이 좀 시원해졌다.

볼일을 보고 나와 시계를 봤다. 드론 만들기는 아직 한 시간이나 더 남았다.

화장실 앞에 소파가 있다. 민수는 잠깐만 있다가 갈 마음으로 거기에 앉았다. 어차피 조원 아이들은 민수가 없어도 신경 쓰지 않을 거다.

소파에 몸을 기대어 눈을 감고 있는데, 누군가가 민수 옆자리에 앉았다. 눈을 떠보니 다른 조 남자애다. 목에 걸린 이름표를 보니 ‘최동준’이라고 적혀 있다. 민수네 조 옆 테이블에 있는 아이라 아까 지나가다가 몇 번 봤다.

“너도 억지로 왔구나?”

동준은 다들 왜 그렇게 신났는지 모르겠다며 혀를 끌끌 찼다.

"차라리 학교 가는 게 나을 거 같아. 학교는 3시면 끝나잖아. 3일 내내 밤까지 프로그램이 뭐 이렇게 빡빡하냐. 내 황금 같은 주말을 도대체 누가 보상할 거냐고."

동준은 집에서 편히 텔레비전을 보고 있을 시간에 뭐 하고 있는지 모르겠다고 했다.

"나야말로 그래."

민수는 인상을 쓰며 대답했다. 여기 오는 바람에 데보라와의 만남에 가지 못하게 됐다. 코믹 박람회에 너무나 가고 싶었지만 엄마에게 말 한마디 꺼내지 못했다. 내일 3D 프린터로 만들고 싶은 모형을 만드는 시간이 있는데, 민수가 만들고 싶은 건 바로 자신이다. 그래서 가짜로 만든 민수는 이곳에 두고, 진짜 민수는 코믹 박람회에 가는 거다. 하지만 안타깝게도 아직 과학 기술은 거기까지 발전하지 못했다.

"나 이런 거 관심 하나도 없거든. 드론을 왜 직접 만들어? 그냥 파는 거 사다 쓰면 되잖아."

"동감!"

민수가 대답했고, 둘은 킥킥대며 웃었다.

"그리고 내일 특강은 또 뭐냐."

내일 오전에는 카이스트 교수의 강연이 있다. 책자에 나온 교수 프로필과 연구 목록만 봐도 지루한데, 조원 아이들은 기대된다는 말을 했다. 다들 보물찾기에서 보물을 찾았는데, 민수 혼자 꽝을 찾은 기분이다. 아니, 여기 민수 옆에 꽝을 찾은 아이가 한 명 더 있긴 하다.

"내가 더 불쌍한 얘기 해줄까?"

입을 한 뼘쯤 내민 동준이 말했다.

"뭔데?"

"우리 아빠도 공대 교수거든. 나는 집에서 맨날 듣는 얘기를 내일도 들어야 해."

"안됐다."

민수는 그 말을 내뱉은 후 곧바로 미안하다고 사과했다. 하지만 동준은 자기가 생각해도 불쌍한 게 맞기에 사과할 필요 없다고 했다.

"너희들 거기서 뭐 해?"

복도를 지나가던 선생님이 민수와 동준을 발견했다. 둘은 얼른 자리에서 일어나 강당으로 돌아갔다.

저녁을 먹은 후 다음 프로그램까지 5분 정도 시간이 남았다. 민수는 주머니에서 휴대폰을 꺼냈다. 그사이 열심히 하라는 엄마의 문자밖에 온 게 없다. 경진에게 문자를 보낼까 하다가 그만두었다. 민수가 여기 오는 바람에 경진은 엄마와 다퉜다. 경진네 엄마가 민수는 거기 가는데 너는 도대체 뭐냐고 타박했단다. 그래서 경진이 대들었고, 경진네 엄마는 화가 나서 경진에게 새로 사주기로 한 휴대폰을 사주지 않기로 했다. 그런 경진에게 지금 상황을 이야기한다는 건 불난 집에 부채질하는 것밖에 되지 않는다.

뭐 하세요?

대신 김 감독에게 문자를 보냈다. 잠시 후 답이 왔다.

—그냥 있다. 캠프는 잘 도착했냐?

여기 완전 재미없어요. 이렇게 지루한 캠프는 처음이에요. ㅜㅜ

—이런, 안됐구나.

누가 저 좀 여기서 구해줬으면 좋겠어요.

민수는 머릿속에 떠오르는 걸 가리지 않고 그대로 써서 보냈다.

감독님이 저 좀 구하러 와주시면 안 돼요?

—안 된다. 나 아주 바쁘다.

알아요. 그냥 해본 소리예요. 내일 여행 잘 다녀오세요~

—그래. 너도 잘 있어라.

주말을 앞두고 잔뜩 풀이 죽은 민수와 달리, 김 감독은 여진과 함께 춘천으로 드라이브를 가기로 했다며 기대에 부풀어 있었다. 김 감독은 최 피디에게 차도 빌려 오고 여행 책자도 샀다.

"자, 다음 프로그램 시작됩니다. 얼른 강당으로 들어와요."

진행 선생님이 강당을 돌아다니며 알렸다. 민수는 주머니에 휴대폰을 넣었다.

아침을 먹은 후 멍한 상태로 과학자의 강연을 듣고 있는데, 진행 선생님 한 분이 조용히 민수를 불렀다.

"네가 주민수지? 잠깐 따라와 봐."

민수는 영문을 모른 채 선생님과 함께 강당에서 나왔다. 열심히 듣지 않은 걸 들켜서 그런가 싶어 뜨끔했다. 하지만 강연은 너무 졸렸다. 어제 재밌겠다고 했던 아이들도 꾸벅꾸벅 졸 정도였다.

진행실 문을 열고 들어서던 민수는 놀라서 그대로 멈추었다. 의자에 김 감독이 앉아 있다.

"어쩌면 좋니, 할머니가 돌아가셔서."

선생님의 뒷말에 민수는 "예에?" 하고 되물었고, 진행실 안 선생님들은 민수가 갑작스러운 소식을 들어 놀랐다고 여겼다. 민수는 놀라긴 했지만, 그건 할머니가 이미 민수가 태어나기도 전에 돌아가셨기 때문이다.

"얼른 가방 챙겨서 큰아버지 따라 가보렴."

왜 김 감독이 큰아버지로 둔갑되어 있는지 모르겠다. 김 감독이 민수를 향해 몰래 눈을 찡긋거렸다. 민수는 2층 방으로 올라가서 짐을 가지고 내려왔다.

선생님들에게 인사를 한 후 김 감독을 따라 교육원에서 나왔다. 주차장에는 최 피디에게 빌린 차가 세워져 있다.

"감독님, 어떻게 된 거예요?"

"네가 구해달라며?"

할머니가 돌아가셨다고 이야기한 건, 예전에 민수의 할머니가 돌아가셨다고 들은 기억이 나서라고 했다. 이미 돌아가신 분이니 덜 미안하지 않겠냐며 말이다.

"그래도 그건 좀 심하셨어요."

"너희 할머니에겐 죄송하지만, 나로선 이게 최선이었다."

"아뇨, 그거 말고요. 큰아버지라고 하신 건 좀 그렇지 않아요? 누가 감독님을 제 큰아버지라고 믿겠어요? 할아버지면 모를까."

"내가 어딜 봐서 할아버지냐?"

김 감독이 버럭 화를 냈다. 누가 봐도 큰아버지보단 할아버지에 가까운데, 김 감독은 할아버지란 소리를 무척 싫어한다.

"근데 오늘 카페 사장님이랑 여행 가신다고 하지 않았어요?"

민수는 혹시 여진도 같이 왔나 싶어 주변을 둘러보았다.

"얼른 타라."

민수는 시키는 대로 차에 올랐다. 차 안에도 여진은 보이지 않았다.

"일이 있어서 오늘 못 가게 됐다."

평소와 다르게 아침 일찍 일어난 김 감독은 미리 오늘의 여행 계획을 꼼꼼하게 살폈다. 춘천에 가서 닭갈비를 먹은 후, 호숫가에 있는 전망 좋은 카페에 갈 예정이었다. 차에 타 막 시동을 켜는데, 여진에게 전화가 왔다. 친언니가 갑자기 쓰러졌다고 해서 병원에 가는 중이라고 했다. 오늘 여행은 못 가겠구나 싶어 차에서 내리려고 하는데, 어제 민수가 한 말이 떠올랐다. 자신을 좀 구해

주면 안 되느냐는. 그래서 차를 타고 이곳으로 오게 된 거다.

“너 오늘 그 코믹 박람횐가 뭔가 가고 싶다고 하지 않았냐? 데보라 만나는 게 네 소원이라며?”

“네.”

“가자. 내가 데려다줄게. 지금 가면 시간 맞춰 갈 수 있을 거다.”

“정말요?”

“그래.”

“진짜죠?”

“얘가 속고만 살았나. 당연하지.”

“아싸!”

민수가 앉은 채로 엉덩이를 방방 뛰며 움직였다. 김 감독과 민수가 탄 차가 교육원을 벗어났다. 민수는 이 상황이 너무 신기하기만 했다.

“감독님, 꼭 지니 같아요.”

“지니?”

“알라딘 램프에서 나오는 요정 말이에요.”

김 감독이 아아, 하고 고개를 끄덕였다.

“어렸을 때 「알라딘」 보고 생각한 적 있어요. 나한테도 저런 요술 램프가 있으면 얼마나 좋을까 하고요. 지니를 만나면 무슨 부탁을 할까 상상했어요. 하지만 언제부턴가 안 하게 되었어요.”

“왜?”

"요술 램프 같은 건 세상에 없으니까요."

김 감독은 피식하고 웃었다. 지니 같다는 말은 태어나서 처음 들어본다. 이제까지 닮았다고 들어본 캐릭터는 고집불통 옆집 아저씨가 다였다. 아무렴 옆집 아저씨보다 지니가 백번 듣기 좋다.

"그럼 내가 오늘 네 지니 해주마. 원하는 건 뭐든 말해봐라."

"진짜죠?"

차를 타고 가면서 민수는 또 무슨 부탁을 할지 생각했다. 맛있는 음식을 사달라고 할까? 놀이공원에 가자고 할까?

하지만 한 시간도 채 지나지 않아 민수의 요술 램프가 고장 났다. 차가 갑자기 멈췄기 때문이다. 차의 속도가 줄어들어 가까스로 갓길에 주차를 했다.

"어? 이게 왜 이러냐?"

"글쎄요."

조수석에 앉아 있는 민수가 고개를 뻗어 계기판을 살폈다.

"감독님, 저 주황색 깜박이는 건 뭐예요?"

주유 등이 계속 깜박이고 있었다.

"기름이…… 떨어졌구나."

"네?"

오랜만에 운전을 한 김 감독은 주유 등을 살피지 못했다. 최 피디가 채워놓은 기름은 여기까지 오는 길에 다 썼다. 김 감독은 급하게 최 피디에게 전화를 걸었다. 하지만 받지 않았다.

"보험 회사요! 거기 전화해보세요."

"그렇지."

김 감독은 민수가 말한 대로 하려고 했다. 하지만 도통 어느 보험 회사인지 알 수가 없었다. 자동차 보험 회사마다 일일이 전화를 걸어 확인을 할 수도 없는 노릇이다. 하는 수 없이 둘은 차에 탄 채 최 피디에게 연락이 오기만을 기다렸다. 근처에 들어가 기다릴 곳도 마땅치 않았다.

"에이, 기름 좀 가득 채워서 차를 줬어야지. 얼마나 탔다고 기름이 다 떨어져."

김 감독은 민망한 마음에 더 신경질을 냈다.

최 피디에게 연락이 온 건 한 시간 정도가 지나서다. 전화를 받자마자 김 감독은 왜 이렇게 연락이 안 되느냐고 소리를 질렀다. 옆에서 민수는 화 좀 내지 마시라고 몇 번을 말했다.

"근데 여기가 어디쯤이냐?"

보험 회사에 연락을 하려면 현재 위치를 알아야 한다고 했다. 민수는 잠시 기다려달라고 말한 후, 휴대폰 지도 앱으로 현재 위치를 확인해 김 감독에게 알려주었다. 최 피디가 보험 회사에 연락을 하겠다고 했다.

통화를 끝낸 후에도 김 감독은 계속 툴툴거렸다. 신경을 썼더니 김 감독은 빈속이 쓰렸다. 아침에 일어나 간단하게 뭐라도 먹었어야 하는데, 여진과 함께 아침을 먹을 생각에 아무것도 먹지 않았다.

누군가가 창문을 톡톡 두드렸다. 창문을 내리니 젊은 남자가 서 있다. 남자는 보험 회사에서 나왔다면서 기름을 넣어주겠다고 했다.

"20킬로미터는 갈 거예요. 여기에서 조금 더 가면 주유소 나오니까 거기서 주유하시면 돼요."

남자가 떠난 후 김 감독은 차의 시동을 다시 켰다. 주유 등이 더는 깜박이지 않았다. 근처 주유소를 찾아 기름을 가득 넣었다.

"몇 시냐?"

"11시 반이요."

"벌써?"

코믹 박람회 행사는 2시부터다. 지금 출발하면 간신히 시간을 맞출 수 있다.

"빨리요, 감독님! 지금 시간 없어요."

"그래. 알았다."

둘은 다시 출발했다.

서울로 가는 고속도로를 향해 가는데 차가 많이 밀렸다. 서울 쪽으로 가려는 차량이 많았다. 민수는 차창 밖과 시계를 번갈아 보았다. 자칫하면 행사 시간에 늦을 것 같다.

"어? 여기 아닌데."

100미터를 더 가서 우회전해야 하는데, 그전에 김 감독이 핸들을 돌렸다. 곧바로 내비게이션이 길을 잘못 들었다며 새로운 경로로 안내하겠다고 했다. 도착 예정 시간이 20분이나 늘었다.

"에잇, 내비가 이상해. 똑바로 좀 알려줄 것이지."

"왜 내비 탓하고 그러세요? 내비는 제대로 알려줬다고요."

"그럼 내가 잘못했다는 거냐?"

그러던 중 또다시 길을 잘못 들어섰다. 이번에는 좌회전했어야 하는 곳에서 하지 못했다. 도착 예정 시간이 또다시 늘어났다. 민수는 애가 탔다. 이러다가 데보라를 만나러 가지 못할 수도 있다.

"이번엔 네 탓이야. 옆에서 자꾸 종알대니까 정신이 하나도 없잖아."

"감독님은 왜 맨날 남 탓만 하세요?"

"내가 언제?"

"지금도 그렇잖아요. 감독님이 기름만 제대로 확인했어도 이렇게 늦지 않았어요."

"내가 일부러 그랬어?"

"누가 일부러 그러셨대요? 감독님이 조금만 주의를 기울이셨어도 이렇게 되지 않았다는 거죠."

"너 지금 날 원망하는 거냐? 너 데리러 와준 사람이 누군데?"

"그럼 뭐해요. 행사에 가지 못하게 생겼잖아요."

민수는 입을 내민 채 말했다.

"못 가긴 왜 못 가?"

"감독님, 앞이요!"

김 감독은 급하게 브레이크를 밟았다. 차 앞으로 고양이 한 마리가 재빠르게 지나갔다. 다행스럽게도 치지 않았다. 민수와 김 감독이 안도의 한숨을 내쉬고 있는데, 뒤따라오던 파란 자동차가 옆에 서더니 창문을 내렸다. 젊은 남자 운전자는 김 감독에게 욕을 했다.

"이 미친 새끼야. 갑자기 멈춰 서면 어떡해? 너 때문에 뒤질 뻔했잖아. 에이, 재수 없어."

파란 차가 가래침을 내뱉은 후 일부러 클랙슨을 두 번 누른 다음 출발했다. 갑작스러운 욕바가지에 김 감독과 민수는 오물을 뒤집어쓴 기분이었다. 김 감독은 곧바로 액셀을 밟았다. 그러곤 파란 차 옆에 바짝 붙었다.

"어디다 대고 욕지거리야? 너 인생 똑바로 살아!"

김 감독은 파란 차 운전자를 따라잡아 소리를 지른 뒤 얼른 창문을 올리고 앞질러 갔다. 역공을 당한 파란 차가 다시 따라왔고, 김 감독은 옆길로 빠졌다. 파란 차는 속도를 많이 낸 상태에서 그대로 직진하는 바람에 따라오지 못했다.

"잘하셨어요, 감독님!"

민수가 왼손바닥을 펼쳐 들어 올렸고, 김 감독이 오른손을 딱 소리 나게 쳐서 하이파이브를 했다. 속이 시원했다. 둘은 파란 차 운전자에 대해 주거니 받거니 욕을 했다.

"근데 여기가 어디죠?"

둘은 가려는 목적지를 벗어나버렸다. 이제 도착 예정 시간은 3시 20분이다. 지금 가도 행사가 끝날 때가 되어야 도착할 수 있을 거다. 어떻게 하면 좋을까. 김 감독은 민수의 눈치를 살폈다.

"배고파요, 감독님. 그냥 우리 뭐 먹으러 가요."

"그럴래?"

김 감독은 대전 시내 쪽으로 다시 차를 돌렸다. 민수는 인터넷을 검색하여 맛집을 찾았다. 불판이 아닌 연탄불 위에 고기를 구워주는 곳이다.

식당 앞에 도착해보니 기다리는 사람이 많았다. 30분 정도 기다린 후에야 식당으로 들어갈 수 있었다.

삼겹살을 다 먹은 후 김 감독은 민수에게 물었다.

"냉면 먹을래?"

"당연한 걸 뭘 물어보세요."

민수가 씩 웃으며 대답했다.

"그렇지?"

둘은 삼겹살 3인분에 냉면 한 그릇씩을 먹었다. 얼마나 배가 고팠는지, 먹는 동안 둘은 대화를 거의 하지 않고 음식을 흡입하다시피 했다.

"이제 어떡할래? 집으로 갈래?"

"안 돼요. 저희 엄만 저 도망친 거 모르시잖아요."

"아, 그렇지."

민수는 내일 프로그램이 끝나는 시간에 맞춰 집으로 가야 한다고 했다.

"그럼 거기나 가자."

"어딜요?"

"가보면 안다."

민수에겐 별다른 계획이 없었다. 이왕 이렇게 된 거 민수는 김 감독을 따르기로 했다.

김 감독이 민수를 데리고 간 곳은 예전에 대전 행사 때 왔던 미술관이다. 미술관에서는 요즘 잘나가는 젊은 현대 작가 3인의 미술품을 전시하는 중이었다. 그림뿐만 아니라 재밌는 조형물도 있었다. 거대한 초로 만든 소년상인데, 머리 쪽에 심지가 있어 조금씩 얼굴이 흘러내렸다.

둘은 작품을 감상한 후 1층에 있는 카페로 내려와 음료를 주문했다. 김 감독은 휴대폰을 꺼내 새로 도착한 문자를 확인했다. 여진은 다행히 언니가 깨어났다며 괜찮다고 연락을 주었다.

"카페 사장님이시죠?"

김 감독의 표정만 봐도 알 수 있다. 여진과 연락을 할 때면 김 감독 입가에 미소가 떠나질 않는다.

"참, 지난번에 카페 사장님한테 스카프 선물은 하셨어요?"

김 감독이 쑥스럽다는 듯 고개를 살짝 끄덕였다. 여진은 김 감독이 선물한 스카프를 두고 자신이 제일 좋아하는 색상이라고 했다. 그러면서 김 감독을 만날 때면 꼭 그 스카프를 맸다.

"카페 사장님도 감독님한테 마음 있으신 게 분명해요."

"무슨……"

"좋아하지 않는 사람이 준 선물이면 쓰지 않는다고요."

"그러냐? 그럼 이건 어떤 거 같냐?"

김 감독은 며칠 전에 있었던 일을 민수에게 들려주었다.

여진에게 밤에 잠이 잘 오지 않는다는 말을 했다. 여진은 그럴 때 잠자리를 세보라고 알려주었다. 잠이 오지 않을 때 보통 양을 세라고 하지만 그건 소용없다. 영어로 '양'인 SHEEP과 '잠'인 SLEEP의 발음이 비슷해서 영어를 쓰는 사람들은 양을 세면 효과가 있지만, 우리나라 단어인 잠과 양은 연관성이 없다. 그다음 번에 만났을 때, 여진은 캐모마일 차를 선물했다. "감독님, 저녁에는 커피 드시지 마세요. 대신 이 차를 드세요. 캐모마일이 숙면에 도움을 준대요." 여진이 종알종알 말할 때면 마치 한 마리 작은 새가 지저귀는 듯하다. 여진의 말은 자령의 말과 달리 조금도 잔소리처럼 느껴지지 않았다. 김 감독은 평소에 화장품 향이 나는 것 같아 허브차를 마시지 않았지만, 여진에게 선물 받은 차는 한 잔씩 마시고 잔다.

"대박! 카페 사장님도 감독님을 좋아하고 계세요!"

"정말 네가 보기에도 그런 것 같냐?"

"그럼요. 감독님을 신경 쓰고 계시단 거잖아요."

그 말에 김 감독은 마음이 설렜다. 이런 감정은 정말 오랜만이다. 누군가를 좋아한다는 것은 좋은 일투성이다. 당신이 당신이라서 좋고, 당신을 좋아할 수 있는 나라서 좋다. 무엇보다 마냥 더 좋은 내가 되고 싶어진다.

"원래 오늘 여진 씨와 함께 있는 건데. 쯧쯧."

김 감독은 맞은편에 앉은 민수를 바라보며 고개를 절레절레 저었다.

"저도 지금 데보라와 함께 있었어야 했다고요."

민수도 지지 않고 대꾸했다. 기름이 떨어지지 않았다면, 길을 잘못 들어서지만 않았더라면 민수는 코믹 박람회에서 데보라의 이야기를 듣고 있었을 거다.

"너도 참 안타깝다."

"뭐가요?"

"눈앞에 이런 거장이 있는데 데보라가 뭐라고. 비싼 스테이크가 앞에 있는데 안 먹겠다며 햄버거를 찾는 꼴이랄까."

민수가 큰 소리로 웃었다.

"왜 웃냐?"

"감독님도 참 뻔뻔하세요. 어떻게 스스로를 거장이라고 말씀하실 수 있으세요?"

"이건 뻔뻔한 게 아니라 숨길 수 없는 자신감 같은 거다."

김 감독은 자신의 가치를 스스로 알고 있는 것뿐이라고 했다. 민수는 알았다며 "네, 네" 대답을 했고, 김 감독은 민수의 반응에 기분이 상해 첫 하고 소리 내어 콧방귀를 뀌었다.

"감독님, 카페 사장님이랑 결혼하실 거예요?"

민수의 물음에 커피를 마시던 김 감독이 캑캑거렸다. 커피가 목에 걸렸다.

"너도 참 어리다. 남녀가 사귀면 다 결혼해야 하냐?"

김 감독은 이게 다 동화가 잘못된 가르침을 주어서 그렇다고 했다. 신데렐라든 백설 공주든 뭐든 다 결혼으로 끝나니까, 사람들이 남녀 관계의 마지막은 결혼밖에 없다고 생각한다는 거다.

"그래도 대부분 사람들은 결혼하잖아요. 감독님은 왜 결혼 안

하셨어요?"

"뭐 어쩌다 보니."

"설마 모솔은 아니시죠?"

"모솔이 뭐냐?"

"모태 솔로요."

"얘가 날 뭐로 보고!"

김 감독이 버럭 화를 냈다. 김 감독도 결혼할 뻔한 적이 있다. 젊은 시절 스튜디오 설립 구상을 위해 잠시 한국에 들어왔을 때, 소개로 한 여자를 만났다. 그런데 여자네 집에서 결혼을 반대했다. 허울만 좋은 스튜디오 설립이지, 당장은 백수가 아니냐며 말이다. 여자 부모님은 김 감독이 한국에서 자리를 잡길 바랐다. 마침 한국의 한 방송국에서 김 감독에게 스카우트 제의가 왔고, 여자의 부모는 한국에서 직장을 다닐 게 아니면 당장 헤어지라고 했다. 하지만 김 감독이 만들고 싶은 건 텔레비전 만화보다는 극장용 애니메이션이었다. 결국 여자와 헤어졌다. 함께 일본으로 가자는 말은 하지 못했다. 김 감독 스스로 자신의 미래에 대한 확신이 없는 상태에서 차마 같이 가자는 말을 할 수 없었다. 아주 가끔 김 감독은 그때 프러포즈를 했으면 어땠을까 하는 생각을 했다. 하지만 이미 다 지난 일일 뿐이다.

"감독님 일본 들어가시면 카페 사장님이랑은 어떻게 되는 거예요?"

대학 수업이 종강하면 김 감독은 일본에 들어가 본격적으로 영화 제작에 돌입할 예정이다. 이번에 들어가면 한동안 한국에 나오지 못한다.

"모르겠다, 나도."

"같이 가자고 하세요."

"같이? 말이 되는 소리를 해라. 어떻게 그러냐?"

"그럼 이대로 헤어지시려고요? 감독님은 저처럼 후회하지 마세요."

민수는 김 감독에게 보리와 있었던 일을 들려주었다. 바보 같다고 한 소리 할 줄 알았는데, 김 감독은 흐음, 하고 한숨 비슷한 걸 몇 번 내쉬었다.

"그렇게 후회되면 이번엔 네가 다시 고백해보든가."

"보리는 이제 제가 싫대요."

"너는 그 애가 좋고?"

민수는 그렇다고 고개를 끄덕였다. 남녀 관계는 쉽지 않다. 친구 사이는 한 사람이 더 좋아하고 덜 좋아해도 크게 문제가 되지 않는다. 하지만 남녀 사이는 그 정도가 균형이 맞아야 하고, 혹여 애정이 한 방향으로 흐르기만 한다면 그 관계는 더 이상 지속되기 어렵다.

"보리라는 애 예쁘냐?"

"네. 엄청 예뻐요."

민수는 메신저 프로필에 올라와 있는 보리 사진을 보여주었다. 보리는 아이스크림을 든 채 활짝 웃고 있다.

“예쁘구나. 여진 씨만큼은 아니지만.”

“무슨 말씀이세요. 보리가 훨씬 예뻐요.”

“어딜 봐서?”

김 감독도 휴대폰 사진첩에 저장되어 있는 여진의 사진을 보여주며, 여진이 더 아름답다고 했다.

“카페 사장님은 늙으셨잖아요.”

“얘가 뭘 모르네. 여진 씨가 지금 이 정도면, 네 나이 때는 얼마나 더 예뻤겠냐. 그걸 알아야지.”

“그건 옛날 일이고, 지금 상태에서 비교해야죠.”

“난 지금 상태에서도 여진 씨가 훨씬 예쁘거든.”

“감독님 눈에만 그렇죠.”

“너도 네 눈에만 그런 거 아니냐?”

민수와 김 감독은 제 눈의 안경이란 속담대로, 자신이 좋아하는 여자가 훨씬 더 예쁘다고 한참을 다퉜다.

민수와 김 감독은 집으로 가지 않고 대전 외곽에 있는 호텔로 갔다. 놀다 보니 어느새 해가 졌다. 어차피 김 감독 작업실에서 하루 숨어 있어야 할 거면 여기서 자고 가는 것도 괜찮을 듯싶었다.

민수가 씻고 나왔을 때 잘 준비를 끝낸 김 감독은 침대에 누워 있었다. 민수도 불을 끈 후 옆 침대에 누웠다.

“아까 화내서 죄송해요.”

“알면 됐다. 얼른 자라.”

민수는 안녕히 주무시라는 말을 한 후 눈을 감았다. 민수가 막 잠이 들려고 하는데, 김 감독의 목소리가 들렸다.

"못 데려다줘서…… 나도 유감이다."

나중 말고 지금

민수와 김 감독은 느긋하게 일어나 호텔 1층 로비에 있는 카페에서 아침 겸 점심을 먹은 후 서울로 돌아왔다. 돌아오는 길에는 아무 문제도 생기지 않았다. 어제와 같은 일을 방지하기 위해 민수는 오는 길에 주유소에 들러야 한다고 알리고, 내비게이션 볼륨도 제일 크게 올렸다.

"정말 집까지 안 데려다줘도 되냐?"

둘의 목적지는 김 감독 작업실이다. 김 감독이 집까지 데려다주겠다고 했지만 민수는 괜찮다고 했다.

"버스 타고 가는 게 훨씬 편하다니까요. 어차피 지금 집에 가지도 못해요."

민수는 김 감독 작업실에서 시간을 보내다가 5시쯤 집으로 갈 생각이다.

"여진 씨한테 연락 왔을 텐데."

김 감독은 주차를 한 후 전원이 꺼진 휴대폰을 챙겼다. 작업실에 가자마자 휴대폰을 충전한 후 여진에게 연락을 할 생각이다. 대전에서 하루를 보낼 줄 모르고 김 감독은 충전기를 챙기지 않았다. 민수에게 휴대폰을 빌려 연락하려고 했지만, 민수 역시 캠프장에 충전기를 놓고 오는 바람에 휴대폰이 꺼졌다.

"감독님, 빵이요."

"맞다. 네가 좀 갖고 내려라."

민수는 뒷좌석에 놓인 빵 봉지를 챙겼다. 대전에 유명한 단팥빵을 파는 곳이 있다고 해서 오는 길에 들렀다. 자령이 단팥빵을 무척 좋아한다.

"어제 먹은 고기 맛있지 않았냐?"

"네. 근데 어제 저희가 기다린 건 기다린 것도 아니래요. 거기 평일에도 한 시간씩 줄 서서 기다려 먹는대요."

"그러냐?"

김 감독은 다음에 꼭 여진과 함께 가야겠다고 생각했다.

현관문을 열고 들어서는데 현관 앞에 신발이 세 켤레 놓여 있다. 현관문 비밀번호를 아는 사람은 민수와 최 피디, 도우미밖에 없다. 오늘은 일요일이라 도우미는 오지 않는다. 그러면 최 피디밖에 올 사람이 없다. 그런데 신발이 왜 이리 많을까 생각하고 있는데 최 피디와 자령이 현관 쪽으로 걸어왔다.

"어어, 누나. 안 그래도 내가 단팥빵 사왔는데."

김 감독은 민수가 들고 있던 봉지를 건네받아 자령에게 내밀었다. 자령은 봉지를 받자마자 그걸로 김 감독의 왼쪽 어깨를 때렸다.

"단팥빵 같은 소리 하네!"

"누나, 왜 그래요?"

최 피디와 민수가 말릴 틈도 없이 자령이 김 감독을 공격했다. 자령은 정신이 있느냐 없느냐며 윽박을 질렀다. 민수가 그대로 보고 있어야 하나 어쩌나 고민하는데, 김 감독과 자령 뒤에 서 있던 나머지 신발의 주인이 나타났다.

"주민수!"

민수는 깜짝 놀라 뒷걸음질 쳤다. 도대체 엄마가 왜 여기 있는지 모르겠다.

"어, 엄마."

자령이 때리던 걸 멈추었다. 그사이 최 피디는 자령이 들고 있던 빵 봉지를 슬며시 낚아챈 후 바닥에 내려놓았다.

"너, 도대체 어떻게 된 거야?"

엄마가 숨을 가쁘게 몰아쉬면서 소리를 질렀고, 민수는 김 감독 뒤에 숨었다.

"어머니, 그래도 얼마나 다행입니까. 이렇게 무사히 돌아왔으니까요. 제가 그랬잖아요. 민수 아무 일도 없을 거라고."

최 피디는 엄마에게 흥분을 가라앉히라고 했다. 하지만 최 피디가 막아야 할 사람은 엄마만이 아니었다.

"아주 잘하는 짓이다!"

김 감독을 향한 자령의 공격이 다시 시작되었다. 자령은 순식간에 현관으로 나와 김 감독의 귀를 잡아당겼다.

"아, 누나 왜 그래요?"

"왜 그러는지 몰라서 물어?"

"아파요. 좀 놔요."

김 감독은 자령에게 귀를 잡힌 채 작업실 안으로 끌려 들어갔다. 민수를 막아주던 김 감독이 사라졌고, 민수는 엄마와 정면으로 마주 섰다. 민수는 고개를 바닥으로 떨구었다.

"네가 그게 할 짓이야? 왜 공부하러 간 애를 데리고 도망치긴 도망쳐? 너 나이가 몇이야? 왜 그렇게 생각이 없어?"

자령이 쉬지 않고 김 감독을 몰아세우는 바람에 엄마는 민수를 제대로 혼낼 수 없었다.

"우선 가자."

엄마가 한숨을 내쉰 후 현관으로 나와 신발을 신었다. 그러곤 민수를 지나쳐 먼저 바깥으로 나갔다. 안에서는 김 감독이 계속 자령에게 혼나는 중이었다. 민수는 눈을 마주친 최 피디에게 그만 가보겠다고 말했다.

집으로 돌아오는 길에 엄마는 한마디도 하지 않았다. 민수도 조용히 엄마 옆을 따랐을 뿐이다. 교육원에서 엄마에게 전화를 할 거란 생각은 미처 하지 못했다.

아침에 엄마는 캠프 담당 선생님에게 위로 전화를 받았다. 놀란 엄마는 민수의 할머니는 오래전에 돌아가셨고, 아무래도 민수가 납치된 것 같다고 말했다. 하지만 선생님은 나이가 많은 큰아버지가 데리고 갔다며, 남자가 민수와 가까운 사이로 보였다고 알려주었다. 엄마가 민수에게 전화를 걸었지만 민수의 휴대폰은 꺼져 있었다.

엄마는 민수의 책상 서랍을 뒤졌고, 거기에서 민수와 최 피디가 작성한 계약서를 찾았다. 그곳에 나와 있는 최 피디 연락처로 전화를 했지만 최 피디도 김 감독과 연락이 되지 않는다고 했다. 최 피디는 혹시나 해서 자령에게까지 연락을 했다. 그렇게 해서 최 피디와 엄마, 자령 세 사람은 김 감독 작업실에서 함께 기다리게 된 거다.

"주민수, 여기 앉아."

집에 돌아온 민수는 엄마가 시키는 대로 거실에 무릎을 꿇고 앉았다.

"너한테 정말 실망이다. 어떻게 네가 그럴 수 있어? 엄마는 도저히 이해가 안 가. 아무리 이해를 해보려고 해도 이해할 수가 없다고."

엄마의 목소리가 떨렸다.

"죄송해요, 엄마."

"너 도대체 왜 그랬어? 어떻게 거기서 도망칠 수 있냐고!"

민수는 고개를 푹 숙인 채 아무 대답도 하지 않았다. 그러자 엄마는 말 좀 해보라고 닦달했다. 말을 하면 엄마는 분명 화를 낼 거다. 어른들은 말을 안 하면 지금 어른 말을 무시하느냐고 혼내고, 말하면 또 대든다고 혼낸다. 어떻게든 혼날 바에는 차라리 말하는 게 나을지도 모른다.

"저 그런 데 별로 관심 없어요."

"관심이 없긴 왜 없어? 너 과학 좋아하잖아."

"별로 안 좋아하는데……"

"그럼 네가 좋아하는 게 뭔데?"

"정말 궁금하세요?"

"그래, 말해봐. 뭘 좋아하는데?"

민수는 침을 꿀꺽 삼켰다. 그러곤 기어들어 가는 목소리로 대답했다.

"만화요."

"뭐?"

"저, 만화 그리고 싶어요."

"만화? 그거 그려서 뭐 할 건데? 만화가라도 되겠다는 거야?"

엄마의 목소리 톤이 점점 높아지고 있다. 엄마가 화가 많이 났다는 걸 알았지만 민수는 이대로 멈추고 싶지 않았다.

"그건 아직 모르겠어요. 하지만 재밌어요, 만화 그리는 거."

민수는 또박또박 말했다.

"재밌는 게 뭐? 재밌으면 다야? 너 인생, 재미만 갖고 살 수 있을 것 같아?"

"그럼, 재미없이 살아요?"

"주민수, 철없는 소리 좀 그만해."

민수는 생각했다. 정말 안 되는 걸까. 그러면 안 되는 건가. 민수는 고개를 들어 엄마를 바라보았다.

"엄만 내가 몇 살인 줄 모르죠?"

"무슨 소리야?"

"저 이제 겨우 열다섯이에요. 철 좀 안 들어도 되는 나이잖아요."

"민수야, 너 왜 그래? 나중에 어떻게 하려고?"

엄마는 또 나중 타령이다. 민수는 지금 현재를 살고 있는데, 엄마는 늘 나중과 다음을 우선시했다.

"너, 왜 자꾸 말대꾸야? 민수 너 이런 애 아니잖아."

엄마는 나이 든 이상한 노인네가 민수를 다 망쳐놓은 거라며 고래고래 소리 질렀다. 민수는 예전 일이 떠올랐다. 그때도 선주 이모와 함께 술을 마시고 돌아온 엄마는 너무 억울하다고, 힘들어 죽겠다며 이렇게 소리를 질렀다. 민수의 심장이 콩콩 빠르게 뛰었다. 당장이라도 엄마 팔을 붙잡고 미안하다고, 그러니까 제발 그런 소리 하지 말라고 애원하고 싶었다.

"주민수, 앞으로 다신 그 감독 만나지 마. 그리고 웹툰인가 뭔가도 그만 그려."

"엄마가 그걸 어떻게 아세요?"

엄마가 서랍에서 발견한 건 계약서뿐만이 아니다. 태블릿과 노트를 통해 민수가 인터넷에 웹툰을 연재한다는 것도 알게 되었다.

"엄마가 시키는 대로 해. 알았어?"

"그럴 순 없어요."

"왜 그럴 수 없는데?"

민수는 입을 꾹 다문 채 아무 대꾸도 하지 않았다. 엄마는 민수가 괜한 고집을 부린다고 생각했다. 이제까지 민수는 그 흔한 사춘기 증상 한번 보이지 않았다. 다른 집 엄마들이 자녀 때문에 속 썩는다고 말했을 때, 그건 모두 남의 집 이야기라고 여겼다. 엄마는 다른 엄마들이 했던 이야기를 떠올렸다. 무조건 화를 내거나 윽박을 지르기보다 달래야 한다고 했다. 엄마는 최대한 화를 가라앉힌 후 차분하게 말했다.

"민수야, 너도 알잖아. 이제까지 엄마가 너 위해 어떻게 살았는지. 얼마나 힘들게 살았는지. 엄마한텐 너밖에 없어. 알지?"

"저도…… 다 알아요."

"그렇지?"

굳었던 엄마의 표정이 조금 풀렸다. 민수는 가끔 엄마에게 묻고 싶었다. 민수도 엄마만을 위해 살아야 하는지, 민수는 자기 인생을 살면 안 되는지. 하지만 차마 엄마 얼굴을 똑바로 바라보고는 물어볼 수 없었다.

"죄송해요, 엄마."

"괜찮아."

엄마가 앞으로 잘하면 된다고 말하려는데 민수가 먼저 말했다.

"웹툰 계속 그릴 거예요. 죄송해요, 엄마."

민수는 그 말을 남기고는 일어나서 방으로 들어왔다. 엄마가 컴퓨터를 없애겠다고 소리쳤다. 책상 위에 민수의 태블릿과 노트가 꺼내져 있다. 민수는 다시 그것들을 서랍에 넣은 후 침대에 누웠다. 바깥에서 엄마의 우는 소리가 계속 들렸다.

아침이라고 하기에는 조금 늦은 11시경, 김 감독은 눈을 떴다. 일어나자마자 목이 말라 1층으로 내려왔다. 거실 탁자 앞에 민수가 앉아 있다. 일요일이라 왔나 보다.

"언제 왔어?"

"한 시간 좀 안 됐어요. 지금 일어나신 거예요?"

김 감독은 그렇다고 대답한 후 주방으로 가서 물을 가져왔다.

"많이 혼났냐?"

"그렇죠, 뭐."

민수는 일주일 만에 김 감독 작업실에 왔다. 평일에는 엄마 눈치가 보여 올 수 없었다. 오늘은 새로 오픈한 모델 하우스 때문에 엄마가 하루 종일 집에 없다.

"감독님은요?"

"나도 그렇지, 뭐."

김 감독이 고개를 절레절레 저으며 말했다. 오랜만에 자령에게 맞아보니, 당분간 누나의 건강 걱정은 안 해도 되겠다 싶었다. 자령은 여전히 힘이 넘쳤다.

김 감독은 민수가 기대고 있는 소파에 가서 앉았다. 민수는 노트에 만화를 그리고 있는 중이었다.

"많이 그렸냐?"

"아직 반밖에 못 그렸어요. 감독님은 콘티 많이 그리셨어요?"

"이제 그려야지. 너 그림이 지난번보다 나아진 것 같다?"

김 감독은 민수가 그리고 있는 그림을 살펴보며 말했다.

"색도 조금씩 집어넣어봐라. 아예 흑백보다는 그게 나을 거야."

김 감독이 다른 생활 웹툰을 찾아봤는데, 확실히 색이 들어가면 그림이 더 살았다.

"감독님, 커피 드실래요? 커피 내려드릴까요?"

"됐다. 내 커피는 내가 마실 거다."

김 감독은 신경 쓰지 말고 그림이나 계속 그리라고 했다.

주방으로 들어온 김 감독은 커피를 내렸다. 김 감독은 커피를 마신 후 냉장고에서 주스 팩을 하나 꺼냈다. 거실로 나가는 길에 민수가 앉아 있는 탁자에 주스를 내려놓은 후 자신의 책상 앞에 앉았다.

"민수야, 내가 지로를 그려봤거든. 이거랑 저것 중에 어떤 게 괜찮은 것 같으냐?"

김 감독이 종이를 가져와 민수 앞에 내밀었다. 오른쪽 지로는 눈이 크고 얼굴이 동글동글해서 순박한 인상이라면, 왼쪽 지로는 마른 체형으로 얼굴이 갸름하고 좀더 분위기가 있었다.

"전 이쪽이 더 마음에 들어요. 지구 아이라고 너무 순수하게 생길 필요는 없을 것 같아요."

민수가 왼쪽을 가리키며 말했다.

"그렇지? 나도 사실 얘가 더 마음에 든다."

김 감독은 펜을 가져와 왼쪽 지로에 펜 터치를 더했고, 지로가 아까보다 선명해졌다.

"참, 네가 추천해준 웹툰 재미있더라. 어젯밤에 그거 보느라고 눈 빠지는 줄 알았어."

민수는 김 감독에게 작년에 완결된 웹툰을 추천해주었다. 유명한 웹툰이라 김 감독도 알고 있을 줄 알았는데, 아직 단행본으로 나오지 않아서 모르고 있었다. 정체 모를 바이러스가 퍼져 폐허가 된 지구에 살아남은 7인의 이야기로, 계속 새로운 문제가 터져 뒷이야기가 어떻게 끝이 날지 궁금했다. 김 감독은 이틀 전부터 웹툰을 보기 시작했지만, 2년에 걸친 연재를 다 따라잡는 건 무리였다.

"그건 애니메이션으로 만들어도 괜찮겠더라."

"맞아요. 실사 영화보다는 애니메이션이 더 나을 것 같아요."

"최 피디한테 한번 보라고 해야겠어."

김 감독은 최 피디에게 전화를 걸어 웹툰에 대한 이야기를 했다. 통화를 끝낸 후 김 감독은 민수를 다시 불렀다.

"네 생각에도 내 옷 색깔이 조금 칙칙하냐?"

"그냥 뭐, 무난해요."

민수는 김 감독의 스타일을 떠올리며 대답했다.

"나이 들어 보이냐?"

김 감독이 단도직입적으로 물었다.

"감독님 나이처럼 보여요."

"그럼 별론데."

김 감독이 미간을 찌푸렸다. 모레 저녁 여진과 함께 저녁을 먹기로 했다. 여진은 염색을 해서 제 나이보다 훨씬 젊어 보였지만, 김 감독은 염색을 하지 않아 나이 이상으로 보일 때가 많다. 여진은 김 감독의 머리카락이 흰머리가 아닌 은발에 가깝다며 보기 좋다고 했지만, 여진과 만날 때면 계속 신경이 쓰였다. 그렇다고 이제 와 생전 안 하던 염색을 하는 것도 이상했다. 모레만큼은 여진에게 한 살이라도 더 젊게 보이고 싶다.

"카페 사장님이랑 데이트 있으세요?"

민수의 물음에 김 감독은 흠흠, 하고 헛기침만 했다.

"감독님, 쇼핑하러 가요."

"지금?"

"네! 나가서 점심도 먹고요."

자리에서 일어난 민수는 김 감독에게 다가간 후 김 감독의 팔을 잡아당겼다. 김 감독은 마지못해 가는 척하며 외출 준비를 했다.

백화점에 도착한 둘은 신사복 코너가 있는 5층으로 올라갔다.

"사실 지금 입고 있는 그 검정색 재킷이요, 좀 별로예요."

"그걸 왜 이제 말하냐?"

"감독님이 물어보신 적 없으시잖아요."

맞는 말이라 김 감독은 대꾸할 말이 없었다.

먼저 5층을 한 바퀴 다 둘러본 후, 민수는 마네킹이 입고 있는 옷 중에서 제일 마음에 들었던 매장으로 김 감독을 데리고 갔다.

"젊어 보이는 옷으로 좀 추천해주세요."

매장 점원이 몇 벌의 티셔츠와 재킷을 가지고 나왔다. 김 감독이 몸에 대보기만 하겠다고 했지만 민수는 직접 입어봐야 잘 어울리는지 알 수 있다고 했다. 하는 수 없이 김 감독은 민수가 시키는 대로 점원이 골라준 옷을 탈의실에서 갈아입고 나왔다. 서너 벌 정도 옷을 입어보았고, 민수와 점원이 동시에 추천한 하늘색 티셔츠와 베이지색 재킷을 골랐다.

계산을 한 후, 김 감독은 위층으로 올라가는 에스컬레이터를 탔다.

“1층으로 안 가세요?”

“8층에서도 살 게 있어.”

민수는 김 감독을 따라 8층으로 올라갔다. 8층에는 스포츠 의류가 모여 있다.

“너 운동화 하나 골라라. 온 김에 하나 사줄게.”

“전 괜찮은데……”

“왜 나만 이것저것 입어보라 해? 그게 얼마나 귀찮은데. 너도 이것저것 신어봐.”

이번에는 김 감독이 민수를 데리고 운동화를 파는 매장으로 들어갔다. 김 감독은 계속 민수의 낡은 운동화가 신경 쓰였다. 민수는 몇 번 거절을 하다가 김 감독이 그냥은 집에 갈 것 같지 않아 운동화를 신어보았다.

새로 나온 운동화가 모양도 예쁘고 착용감도 좋았지만 너무 비쌌다. 민수는 운동화를 신어보면서 계속 가격을 살폈다. 저렴한 것으로 고를 생각이다.

"이게 제일 가볍네. 이거로 해."

김 감독은 최신형 운동화를 사라고 했다.

"그렇죠? 이게 요즘 제일 인기 모델이에요."

점원이 새 상품을 가져와 포장을 해주었다.

"이러려고 백화점 온 거 아닌데…… 그리고 이건 제가 신기엔 너무 비싸요."

"네가 신기에 비싼지 모르지만, 내가 사주기엔 비싼 게 아니야. 너도 알다시피 나 돈 많다."

김 감독은 점원에게 건네받은 쇼핑백을 민수에게 주며 말했다. 민수는 자기도 모르게 "부러워요, 감독님"이라는 말을 내뱉었다.

"그러냐? 근데 난 네 젊음이 더 부럽다. 바꿀래?"

"아뇨. 그건 싫어요."

"내 그럴 줄 알았다."

김 감독이 먼저 매장을 나왔고, 민수는 같이 가자며 김 감독 옆에 섰다.

다 지나갈 거예요

“맹맹한테 여친이 생기는 건 어때? 그래서 마요랑 삼각관계가 되는 거지.”

점심을 먹으며 경진이 말했다.

“맹맹이랑 마요랑 한 여자를 좋아하게 만들라고?”

“아니. 그건 재미없지. 마요가 그 여자한테 질투를 하는 거야. 그래서 맹맹 여친 음식에 몰래 마요네즈를 뿌려 테러를 해.”

경진 옆에 있던 연수가 그건 별로라며, 차라리 맹맹과 마요가 동시에 한 여자를 좋아하게 만들라고 했다.

“그래. 역시 로맨스가 있어야 해. 그러면 여자 독자들도 늘어날 거야.”

“추리를 좀 가미하는 건 어때? 맹맹과 마요가 추리를 해나가는 거야.”

민수 주위에 있던 아이들이 한마디씩 했다. 생활 웹툰이 갑자기 로맨스물이 되었다가 추리물, 급기야 좀비물로 만들라는 의견까지 나왔다. 민수는 이래서 사공이 많으면 배가 산으로 가는 거구나 싶었다.

민수는 친구들에게 웹툰을 연재한다는 걸 밝혔다. 그동안은 엄마 귀에 들어갈까 봐 친구들에게 비밀로 했지만, 엄마가 알게 된 마당에 더 숨길 것도 없었다. 민수가 웹툰을 연재한다는 걸 알게 된 아이들은 난리가 났다. 「맹맹과 마요」를 보고 있는 아이들도 있었다. 아이들은 자기 이름을 등장인물에 써달라 했고, 에피소드로 쓸 만한 아이디어도 주었다. 아직 아마추어 코너에서 연재하고 있을 뿐인데, 친구들은 당장이라도 민수가 인기 웹툰 만화가가 될 것처럼 대해주었다. 나중에 연재료 받게 되면 한턱 크게 쏴야 한다고 했고, 인기가 많아져서 데보라처럼 예능 방송에 나올지도 모른다며 민수보다 더 흥분했다.

친구들의 그런 반응에 민수는 기분이 좋았다. 친구들이 말하는 것 중 대부분은 이뤄지기 힘든 일이지만, 상상은 자유니까. 친구들의 이야기를 들으며 민수는 나중을 마구 상상했다.

점심을 다 먹은 후 친구들과 함께 운동장으로 가고 있는데, 보리가 혼자 걸어가고 있는 게 보였다. 민수는 어제 일이 떠올랐다. 어제저녁, 웹툰에 달린 댓글을 읽던 민수는 멈칫했다.

역시 버터보단 마요네즈지. ㅎㅎ

마요의 원래 캐릭터는 버터였다. 마요네즈가 아닌 버터를 모든 음식에 발라 먹는다는 설정이었는데, 처음 만화를 본 보리는 버터를 음식마다 다 발라 먹을 수 있느냐고 물었다. 찌개나 면 같은 데는 발라 먹는 게 그리 수월하진 않을 거라며 말이다. 그 말을 듣고 보니 버터는 적절하지 않은 듯했다. 그래서 버터를 마요네즈로 바꿨다. 고체 버터보다 마요네즈 튜브를 꺼내 어디에나 직직 뿌려먹는 '마요' 캐릭터가 더 재미있었다.

댓글을 단 사람의 아이디는 일부만 볼 수 있다. 닉네임과 아이디 앞 네 글자만 공개되는데, 댓글을 단 닉네임 '차차'의 아이디인 tea2***은 보리 이메일 주소와 앞 네 글자가 같았다. 보리는 초등학생 때 별명이 보리차였다며, tea와 자신이 태어난 연도를 붙인 아이디를 썼다. 보리가 「맹맹과 마요」를 본다고 생각하니 기분이 좀 묘했다.

"야, 니들 먼저 축구하고 있어."

민수는 친구들을 보낸 후 보리 뒤를 따라갔다. 방송실에서 종종 보리를 만나긴 했지만 따로 말을 걸어본 적은 없다. 간혹 보리와 눈이 마주치게 되면, 보리는 고개를 홱 돌렸다.

"저기, 보리야."

교실 건물로 들어가려는 보리를 불렀다. 보리는 고개를 돌려 민수를 바라보았다. 제발 보리가 모른 척하고 가버리지 않기를 간절히 바랐다.

"무슨 일이야?"

민수는 마음속으로 예스!를 외쳤다. 보리가 대답을 해준 것만으로도 너무나 기뻤다.

"네가 단 댓글 봤어."

보리의 표정이 미묘하게 변했다. 살짝 인상을 찌푸리는 것 같기도 하고, 피식 웃는 것도 같았다. 아이들이 지나가면서 민수와 보리를 쳐다봤고, 둘은 아이들이 잘 지나다니지 않는 건물 옆 공터로 갔다.

"고마워, 댓글 달아줘서."

"주민수, 너 착각하지 마. 나 이제 너 하나도 안 좋아해. 만화는 만화니까. 그냥 단 거야."

고개를 숙인 보리는 오른발로 땅바닥을 툭툭 차며 말했다.

"보리야. 나 그렇게 괜찮은 애 아니야. 경진이가 나한테 왜 짠수라고 부르는지 알아? 실은 찬수가 아니라 짠수야. 내가 엄청 구두쇠라서 그래. 나 겉으로는 쿨한 척하는데 하나도 안 그래. 나 엄청 쪼잔해."

"그래서 뭐? 너 되게 찌질하다고?"

이번에 보리는 인상을 꽤 많이 찌푸렸다.

"응. 나 엄청 찌질해. 내가 생각해도 나 같은 애는 남자 친구로는 진짜 별로야. 근데 남자 사람 친구로는 나쁘진 않을 거야."

민수는 지금 자신의 모습이 얼마나 형편없을지 눈에 선했다. 하지만 찌질해도 괜찮다. 형편없어도 괜찮다. 자존심 따위 저 바닥에 내팽개칠 거다.

"친구 하자, 보리야. 우리 다시 친구 하자."

민수는 자신의 온 용기를 짜내어 말했다.

"내가 싫다면?"

곧바로 보리가 단호하게 받아쳤고, 바삐 움직이던 민수의 머릿속은 순간 정지되었다.

"그럼……"

"그럼 뭐?"

보리가 민수의 얼굴을 똑바로 바라보며 되물었다.

"일주일 뒤에 또 말할 거야. 다시 친구 하자고."

"쳇, 완전 찌질해."

보리는 유독 '찌질'을 세게 발음했고, '찌질' 두 글자가 화살이 되어 민수의 가슴에 콕콕 박혔다. 하지만 이대로 물러설 순 없다.

"나는 꼭 너랑 예전으로 돌아갈 거야. 보리 너는 정말 좋은 사람이니까. 내가 너를 좋아하니까."

민수는 그동안 하지 못했던 말을 수줍지만 당당하게 토해냈다. 보리는 안 그래도 큰 눈을 더 크게 뜬 채 민수를 바라보았다.

"보리야, 나랑 다시 친구 해줘."

"뭐, 생각해볼게. 대신 만약 「맹맹과 마요」에 새 여자 주인공이 들어가게 되면 그 이름은 보리로 해야 해."

"여자 주인공 넣을 생각 아직 없는데……"

"이 바보야! 없어도 있다고 말해야지."

보리가 민수를 흘겨보았다.

"알았어, 그럴게. 여자 주인공 이름은 보리야. 무조건 보리야!"

보리가 종종걸음으로 가버렸고, 민수는 헤헤 웃으며 보리의 뒷모습을 바라보았다.

수업이 모두 끝나고 가방을 챙기고 있는데, 모르는 번호로 전화가 왔다. 민수가 휴대폰 액정을 바라보기만 하고 서 있자, 경진이 왜 받지 않느냐고 물었다. 스팸일까 싶어서 그렇다고 대답하니 경진이 팔을 툭 치며 한번 받아보라고 했다. 민수는 통화 버튼을 눌렀다.

"여보세요."

"민수니?"

민수 옆에 바짝 붙어 서서 귀를 대고 있던 경진은 "여자야, 여자!" 하면서 호들갑을 떨었다. 그러자 다른 남자아이들도 민수 주변으로 몰려들었다. 민수가 휴대폰을 들고 있지 않은 왼팔로 경진을 밀었지만, 경진은 꿈쩍도 하지 않았다.

"네. 그런데 누구세요?"

"나야. 김 감독 누나."

"아, 여사님."

여사님이란 말에 경진이 에이, 하면서 떨어졌다. 지켜보던 다른 아이들도 김샜다는 듯 가방을 들고 교실 밖으로 빠져나갔다.

자령은 김 감독에게 무얼 좀 가져다줘야 하는데 다리가 아파서

갈 수가 없다고 했다. 민수는 대신 가져다드리겠다고 대답했다. 안 그래도 오늘쯤 김 감독에게 가보려고 했다. 지난주 일요일에 다녀온 후 계속 들르지 못했다.

민수는 학교에서 곧바로 자령의 집으로 갔다. 초인종을 누르자 자령이 문을 열고 나왔다.

"잘 지내셨어요?"

"응. 여기까지 와줘서 고맙다."

"다리는 괜찮으세요?"

"응. 괜찮아."

민수는 자령을 따라 거실로 갔다. 자령은 민수에게 사과를 깎아 주었다. 민수는 사과를 포크로 찍어 자령에게 먼저 드시라고 했다.

"엄마 많이 화나셨지?"

"네? 그냥 뭐……"

민수는 얼버무렸다. 엄마와는 계속 냉전 중이다. 엄마에게 그렇게 대든 것도, 혼난 것도 처음이다. 그날 이후 서로 말을 하지 않고 지내고 있다. 차라리 엄마가 민수에게 화를 내거나, 웹툰을 그리지 말라고 하는 게 더 나을 것 같다는 생각도 든다. 엄마가 아무 일도 없었던 것처럼 있으니까 민수는 더 걱정이 되었다. 엄마가 얼마큼 화가 났는지, 엄마의 마음이 어떤지 도통 알 수가 없다.

"민수 걔는 왜 그런 사고를 쳐서……"

자령이 칼끝으로 쟁반을 찍으며 말했다. 민수가 놀라 몸을 뒤로 뺐고, 자령은 김 감독 민수를 이야기하는 거라고 했다.

"김 감독이 철이 없어. 너희 엄마한테 내가 참 면목이 없다."

"아니에요. 감독님 잘못하신 거 없어요. 제가 부탁해서 와주신 거예요. 그러니까 감독님 나무라지 마세요."

민수는 자령에게 엄마의 기대대로만 사는 게 쉽지 않다고 말했다. 엄마를 실망시키고 싶지 않지만, 엄마 뜻대로 하면 자기 자신을 실망시켜야 한다.

"엄마에겐 죄송하지만, 제가 하고 싶은 거 하고 싶어요."

민수의 말을 듣고 자령이 길게 한숨을 내쉬었다.

"그래. 엄마에게도 시간이 필요할 거야."

자령은 내내 민수 모자가 마음에 걸렸다. 민수 집안 이야기를 듣고 나니, 민수 엄마에게 더 미안했다. 자령이 다리가 아프다며 민수를 부른 건 사실 핑계다. 민수가 어떻게 지내고 있나 걱정되는 마음에 부른 게 더 크다.

"참, 나 좀 봐. 이러고 있을 때가 아니지."

자령이 일어나 주방으로 향했고 민수가 그 뒤를 따라갔다.

식탁 위에는 커다란 반찬통이 놓여 있다. 반찬통에 담긴 음식이 식지 않아, 김을 식히기 위해서 뚜껑을 덮지 않은 채 두었다.

"이거 김 감독한테 좀 갖다줘."

"이게 무슨 반찬이에요?"

"코다리 튀김이야. 한번 먹어볼래?"

자령이 젓가락으로 코다리를 하나 집어 민수 입에 넣어주었다. 간장으로 볶아서 그런지 깐풍기 맛이 났다.

"우와, 맛있어요."

"최 피디 말이 김 감독이 요즘 밥을 못 먹는다 하더라고. 날이 추워져서 그런가 입맛이 없나 봐. 김 감독이 코다리 튀김이라면 깜박 죽어. 한번은 일본에서 이게 너무 먹고 싶다고 해서 우리 손주가 일본까지 가져다준 적도 있어."

"감독님은 좋으시겠어요. 여사님 같은 누나가 있어서요."

"좋긴. 잔소리만 심하지."

"여사님 아니었으면 영화 그만두셨을 거래요. 스튜디오 차린다고 했을 때 다들 반대하며 그냥 한국에 와서 취업하라고 했는데, 여사님만 하라고 하셨다면서요. 스튜디오 설립비도 대주시고."

지난번 대전에 갔을 때 김 감독과 이런저런 대화를 했는데, 자령 이야기도 있었다.

"감독님이 그러셨어요. 세상 전부가 다 반대해도, 딱 한 사람 믿어주는 사람이 있으면 할 수 있다고요. 감독님한텐 그 사람이 여사님이셨대요."

"그 녀석이 별 헛소릴 다 했네."

인사를 하고 나오는데 자령이 택시 타고 가라며 돈을 주었다. 하지만 민수는 받지 않았다.

"버스 탈 거예요. 여사님도 택시 안 타시잖아요."

민수는 김 감독에게 잘 전해드리겠다고 말한 후 문을 닫고 나왔다.

김 감독 작업실 앞에 도착한 민수는 현관문 비밀번호를 눌렀다. 삐리리 소리가 나며 잠금이 해제됐다.

“감독님, 저 왔어요.”

현관에 김 감독 신발이 있었지만 1층에 김 감독은 없었다. 2층 방에 있는 듯했다.

자령에게 받아 온 반찬통을 냉장고에 넣은 후, 2층으로 올라갔다. 똑똑, 하고 방문을 두드렸지만 반응이 없었다. 자고 있는 것 같아 돌아서는데 안에서 끙끙대는 소리가 들렸다. 문을 열고 들어가 보니 김 감독이 침대 위에 누워 땀을 뻘뻘 흘리고 있었다.

“감독님, 감독님!”

몸을 흔들었지만 김 감독은 눈을 뜨지 못했다. 이마를 만져보니 뜨거웠다.

욕실로 들어가 미지근한 물에 수건을 적셨다. 수건으로 김 감독의 얼굴을 닦았지만 정신을 차리지 못했다. 아무리 불러도 듣지 못하는 듯했다. 아무래도 안 되겠다 싶어 최 피디에게 전화를 걸었다. 하지만 받지 않았다. 민수는 119에 전화를 걸었다.

“119죠? 감독님이 못 깨어나고 계세요.”

“누구요?”

“저희 할아버지요! 할아버지가 쓰러졌다고요! 그러니까 제발 빨리 좀 와주세요!”

병원 응급실에 도착한 후에도 김 감독은 정신을 차리지 못했다.

"환자분, 환자분 정신 차리세요. 환자분!"

의사가 손바닥으로 김 감독의 뺨을 몇 차례 툭툭 쳤다. 하지만 김 감독은 계속 눈을 뜨지 못했다. 의사와 간호사는 김 감독의 티셔츠를 벗긴 후 선이 달린 장치를 가슴에 붙여 심박 검사를 했다.

"갑자기 쓰러지신 거니?"

"모르겠어요. 집에 와보니 땀을 뻘뻘 흘리시며 못 깨어나시더라고요."

"평소 편찮으신 데는 없어? 드시고 있는 약은?"

"잘 모르겠어요."

민수는 울먹이며 대답했다. 김 감독 작업실에 비타민을 제외한 약은 없었던 것 같긴 한데 확실하지 않다. 민수는 기억을 되짚어 봤다. 김 감독이 식사 후에 먹었던 약은 없는지, 대화 중에 어디가 아프다고 말했던 적은 없는지를 말이다.

"요 며칠 식사를 제대로 못 하셨대요. 기운이 계속 없으시다면서요."

민수는 자령에게 들은 이야기를 전했다. 이번 주에 한 번도 찾아오지 못한 게 민수는 너무나 후회가 되었다. 엄마에게 혼나더라도 올 걸 그랬다.

"조금 기다려보자. 깨어나실 수도 있으니."

의사는 다행히 김 감독의 심박 수가 정상이라고 했다. 의사와 간호사는 다른 환자들을 봐야 한다며 가버렸고, 민수는 침대 옆 보호자 의자에 앉았다. 제발 감독님이 무사하게 해주세요, 감독님에게 아무 일도 없게 해주세요, 민수는 두 손을 모아 간절하게 기도를 했다.

뒤늦게 연락이 된 최 피디가 병원으로 왔다. 미팅 중이라 민수에게 전화 온 걸 몰랐다고 했다.

"민수야, 정말 다행이야. 네가 감독님한테 안 와봤으면 쓰러지신 것도 몰랐을 거야."

최 피디가 가슴을 쓸어내리며 말했다.

깨어난 김 감독은 여러 검사를 받은 후 입원실로 옮겼다. 검사 결과 별 이상은 없지만 하루 정도 병원에서 지켜보는 게 좋겠다고 했다. 최 피디가 자령에게 연락을 해서 알리려는 걸 민수가 말렸다. 괜히 여사님이 아시면 신경만 쓰실 것이다, 차라리 내일 퇴원하고 말씀드리자,라고 하자 최 피디도 동의했다. 최 피디는 입원하는 동안 필요한 물품들을 사러 가겠다며 병실을 나갔다.

"민수야."

김 감독이 민수를 불렀다. 오랫동안 아무것도 마시지 않았는지 입안이 쩍 달라붙어 있다가 떨어지는 소리가 났다. 민수는 침대 각도를 세운 후 냉장고에서 꺼낸 생수를 컵에 따라 내밀었다. 김 감독이 물 한 컵을 다 마셨다.

김 감독은 며칠 전 여진과 만났던 일을 떠올렸다. 둘은 저녁 식사가 끝난 후 차를 마시러 갔다. 이제 두 달 뒤면 김 감독은 일본으로 돌아가야 한다. 한참을 고민한 끝에 여진에게 말했다. 함께 일본으로 가지 않겠느냐고. 여진은 많이 당황하는 듯 보였다.

"지금 당장 대답하지 않으셔도 돼요. 천천히 생각해보세요."

김 감독도 조급하게 굴 생각은 전혀 없었다. 쉽게 내릴 수 있는 결정이 아니라는 걸 충분히 알고 있다. 여진에게 생각할 시간을 주고 싶었다. 김 감독이 다른 화제로 돌리려고 하는데, 여진이 "감독님" 하고 불렀다.

"전 지금이 좋아요."

고개를 숙인 여진이 찻잔을 매만지면서 말했다.

"가끔 외로울 때도 있긴 해요. 어두운 집에 홀로 들어가서 불을 켤 때나, 먹고 싶은 음식이 있는데 함께 먹으러 갈 사람이 없을 때는 좀 별로예요. 그래도 지금이 좋아요. 혼자 지내는 것도 이제 많이 적응됐어요."

완곡한 거절의 표현이었다.

"감독님, 한국에 아예 안 오실 건 아니시죠?"

"네. 가끔 올 거예요."

"그럼 그때마다 지금처럼 친구로 만나요. 같이 밥 먹고, 차 마시고. 그래주실 수 있죠?"

그때 김 감독이 그러자고 소리 내어 대답했는지, 고개만 끄덕였는지, 아니면 아무런 반응도 하지 않았는지 기억이 나지 않는다. 그 자리에 계속 앉아 있는 게 힘들었다. 다행히 여진이 먼저 일어서자는 말을 해주었고, 그렇게 여진과 헤어졌다.

집으로 돌아온 김 감독은 온몸에 기운이 빠져 옷도 갈아입지 않은 채 침대에 누웠다. 갑자기 심장 쪽이 아파오기 시작했다. 누군가가 김 감독의 심장을 꽉 누르고 있는 듯했다. 순간 협심증인가 싶어 걱정이 되었다. 하지만 가슴이 답답하거나 숨을 못 쉬는 증상과는 달랐다. 가슴 쪽이 계속 뜨끈뜨끈했다. 김 감독은 이내 깨달았다. 아픈 건 심장이 아니라 마음이라는 것을.

"여진 씨랑 끝났다. 다 끝났어."

김 감독의 목소리가 흔들렸다. 민수는 다시 물을 한 컵 따라 김 감독에게 내밀었다.

"다 지나갈 거예요, 감독님."

민수는 힘들 때마다 주문처럼 외우던 그 말을 김 감독에게 해주었다.

내일을 기대해

이제 날이 꽤 춥다. 환기를 위해 잠시 창문을 열어두었는데 실내 공기가 금세 차가워졌다. 김 감독은 창가로 다가가 창문을 닫았다.

컴퓨터 앞에 앉아 새로 온 메일을 확인하던 김 감독은 독서대에 붙어 있는 그림을 보고 피식 웃었다. 민수가 그린 김 감독의 얼굴이다. 며칠 전 민수가 자기가 그린 거라며 스카치테이프로 붙여놨다. 김 감독은 내가 이리 못생겼냐고 화를 냈고, 민수는 최대한 잘생기게 그린 거라며, 이보다 더 잘생기게 그릴 수는 없다고 되받아쳤다. 김 감독은 민수의 그림을 자세히 들여다봤다. 뭐 실물보다 못하지만 나쁘진 않다.

병원에 실려 갔다가 온 지 한 달가량이 지났다. 그동안 김 감독은 강의가 있는 날과 병원을 가는 날을 제외하고는 거의 작업실에 머무르며 작업에 몰두했다. 혹여 바깥을 나가더라도 카페 조인 쪽은 가지 않았다. 아직은 아무렇지 않은 척 여진과 만날 자신이 없어 일부러 다른 길로 돌아 다니고 있다.

김 감독의 몸은 많이 회복되었다. 오히려 전보다 더 건강해진 것 같기도 하다. 자령의 성화에 되도록 취침 시간은 새벽 1시를 넘기지 않고, 술도 거의 마시지 않고, 삼시 세끼를 챙겨 먹었다. 자령이 수시로 김 감독을 보러 왔다. 김 감독이 쓰러진 걸 뒤늦게 알게 된 자령은 아무래도 안 되겠다며 작업실에 와서 지내겠다고 했고, 최 피디와 민수가 번갈아 매일 온다는 조건을 걸고서야 막을 수 있었다.

「우주에서 온 이다」의 시나리오와 콘티는 스튜디오에 보내놓은 상태다. 김 감독이 일본으로 돌아가면 바로 회의를 하기로 했다. 지난번과 달리 마음이 편하다. 지로 캐릭터도 많이 잡혔고, 바꾼 결말도 마음에 들었다. 원래 썼던 시나리오에서는 이다가 지구를 떠날 때, 지로가 이다에게 잘 가라고 손을 흔들어준다. 하지만 이다를 좋아했던 지로가 너무 순순히 이다에게 이별을 고하는 건 아무래도 아닌 것 같았다.

이다의 가족이 데리러 온다는 걸 알게 된 지로는 이다를 숨긴다. 이다를 가지 못하게 막지만, 이다가 있을 곳은 지구가 아니기에 어쩔 수 없이 이다를 보내준다. 살다 보면 어쩔 수 없는 일을 만나게 된다. 그걸 받아들이면서 지로는 어른이 될 거다.

계획한 작업이 끝나 여유로운 마음으로 IPTV에서 영화를 골랐다.

영화가 시작한 지 얼마 안 되었는데 누군가 집으로 들어오는 소리가 났다. 김 감독은 리모컨으로 정지 버튼을 눌렀다.

"민수냐?"

"아뇨. 저예요."

최 피디다. 김 감독은 재생 버튼을 눌러 다시 영화를 보기 시작했다. 어제 다녀갔는데, 오늘 또 왜 왔는지 모르겠다. 최 피디는 오는 길에 호두과자를 좀 사왔다며 드시겠냐고 물었다. 김 감독은 주방 식탁 위에 놓으라고 했다.

"민수만 기다리시고. 감독님, 서운해요."

김 감독은 아무런 반응을 하지 않았다. 최 피디 역시 이런 농담이 김 감독에게 통할 리 없다는 걸 알기에 별 신경 쓰지 않은 채 김 감독 옆자리에 앉았다.

"스튜디오에서 연락 왔어요."

"내가 보낸 걸 벌써 다 읽었대?"

"아뇨. 기무라 감독 때문에요."

김 감독은 정지 버튼을 누른 후 텔레비전을 아예 꺼버렸다.

"무슨 일 있어?"

기무라는 김 감독이 아끼는 제자로, 처음으로 연출한 작품이 내년 봄 개봉을 앞두고 있다.

"편집 과정이 쉽지 않은가 봐요. 스튜디오에서 몇몇 장면을 좀 줄이고 싶은데 기무라 감독이 다 넣길 원한대요. 그러다 보면 상영 시간이 두 시간을 훌쩍 넘고. 뭐 상영 시간이 좀 늘어나는 건 괜찮은데, 기무라 감독이 원하는 대로 다 넣다 보면 아무래도 설명이 많아지니까 지루할 수 있어서 스태프들이 걱정하더라고요."

"흠."

김 감독은 스튜디오 사정이 어떨지 대강 짐작이 갔다. 기무라는 많이 예민한 편이고, 다른 사람의 말을 공격으로 오해하는 일이 종종 있다. 그래서 다른 스태프들이 기무라에게 직접 이야기하는 걸 꺼려 김 감독이 와주길 바라는 거다. 스승인 김 감독의 말이라면 들을 수 있으니까.

"대학 특강도 이달 말이면 끝나니까 귀국 일정을 조금 앞당기시는 게 어떨지……"

기무라가 유일하게 믿고 따르는 사람은 김 감독이다. 이제까지 김 감독은 몇 차례 흔들리는 기무라를 붙잡아주었다. 영화사 직원들은 기무라의 시나리오를 두고 내용이 너무 어렵지 않느냐며 쉽게 가야 한다고 했고, 기무라 역시 그 말을 듣고 시나리오를 수정하려고 했다. 하지만 김 감독은 기무라 감독만의 색깔을 보여줘야 한다며 수정을 권하지 않았다. 영화 내용이 어둡다며 투자자들이 투자를 꺼릴 때도, 김 감독은 기무라를 놓치면 만화 영화계가 50년 진보할 기회를 잃게 될 거라는 설득으로 투자금을 모았다. 김 감독은 기무라를 아끼고 전폭적으로 지지했다.

"하지만 이건 기무라가 스스로 판단할 문제야."

기무라는 김 감독이 하라는 대로 할 수 있을지도 모른다. 하지만 총연출은 기무라이고, 기무라가 하고 싶은 대로 하는 게 맞다. 다른 사람이라면 어떨지 모르겠지만, 기무라라면 자신이 원하는 대로 하지 못한 상황에서 흥행이 잘되더라도 결코 만족할 사람이 아니다.

"내가 안부 메일 정도는 보내보지. 하지만 나도 그 이상은 어려워."

"네. 그렇게 스튜디오에 일러둘게요."

대화를 하고 있는 중에 현관문이 열렸다. 김 감독은 현관 쪽으로 고개를 쭉 내밀었다. 이번엔 민수였다.

"감독님!"

민수가 뛰어 들어오며 큰 소리로 김 감독을 불렀다. 급하게 달려왔는지 민수는 숨을 가쁘게 내쉬었다.

"왜? 무슨 일이야?"

민수는 잔뜩 흥분한 상태다.

"저 다음 주에 인터뷰하게 되었어요."

"무슨 인터뷰?"

"10대 웹툰 작가 다섯 명을 인터뷰하는 데 제가 뽑혔다고요. '도전! 나도 만화가' 코너에 연재하는 사람은 저랑 영맨 두 명이고, 나머지는 고등학생 프로 만화가예요!"

신이 난 민수가 김 감독 주변을 뱅뱅 돌며 말했다. 민수는 춤을 추듯 양팔을 옆으로 꿀렁꿀렁 움직였다.

"더 대박인 건 뭔지 아세요?"

"뭔데?"

"놀라지 마세요."

민수가 침을 한번 꿀꺽 삼켰고, 김 감독도 소파에서 등을 뗀 후 덩달아 눈을 크게 뜨고 민수를 바라보았다.

"함께 인터뷰하는 프로 만화가 한 명이 바로 데보라예요!"

민수는 드디어 직접 데보라를 만나게 되었다며 두 발로 바닥을 콩콩 뛰었다.

"칫, 그게 뭐라고."

김 감독은 별거 아니라며 다시 소파에 몸을 기댔다.

"인터뷰해서 좋은 게 뭐냐? 난 인터뷰 딱 싫다."

"그건 감독님이 유명하고 인정받는 분이니까 그렇죠. 인터뷰하고 싶어도 못 하는 사람이 얼마나 많은데요. 전 인터뷰하게 되어서 너무 신나요. 그래도 제 만화가 조금은 인기 있다는 거잖아요."

김 감독은 민수의 마음이 이해가 갔다. 김 감독도 처음부터 인터뷰를 싫어했던 건 아니다. 영화를 만들던 초창기에는 인터뷰나 언론 노출이 신기하고 좋았다. 하지만 그게 너무 많아지다 보니까 오히려 작업에 방해가 되었고 자연스레 꺼리게 되었다.

김 감독 옆에 앉아 있던 최 피디는 민수에게 정말 잘된 일이라며 축하한다고 말해주었다. 나중에 잘되면 자기를 피디로 써줘야 한다는 농담까지 했다.

"감독님께서 오매불망 기다리던 민수가 왔으니 전 이만 가볼게요."

"기다리긴 누가 기다려."

김 감독은 최 피디를 째려보았다.

"온 김에 저녁 먹고 가지, 왜?"

"아휴, 우리 감독님 외로우신가 보다. 나까지 다 있으라 하고. 기무라 감독 영화 한국 배급 때문에 미팅 있어요. 지금 가봐야 해요."

"그럼 가서 잘해."

"네. 그만 가볼게요. 그럼 잘 놀다 가라."

최 피디는 김 감독과 민수에게 인사를 한 후 작업실에서 나갔다.

"최 피디가 호두과자 사왔다더라. 주방에 있으니 가져다 먹어."

주방에 간 민수는 호두과자와 주스를 쟁반 위에 차려 가져왔다. 민수는 호두과자를 싼 종이를 벗겨내 김 감독에게 내밀었다. 팥이 많이 달지 않고 호두가 큼지막한 게 제법 맛이 좋았다. 김 감독은 호두과자만 먹고 주스는 한 모금만 마신 후 더 입에 대지 않았다.

"최 피디가 먹는 거 하나는 기가 막히게 잘 고른다니까."

김 감독은 민수에게 조금 전 보고 있던 영화의 제목을 말하며 본 적 있느냐고 물었다. 민수는 제목만 들어봤을 뿐 보지 못했다고 했다.

"좀 괜찮은 거 같더라. 나중에 시간 되면 봐봐."

"네."

민수는 잊지 말고 꼭 챙겨봐야겠다고 생각했다. 김 감독이 좀 괜찮다고 하는 건 많이 재밌다는 뜻이다.

"저기, 감독님."

"왜?"

"저 여기 오다가 카페 사장님 만났어요."

"그러냐."

김 감독은 짐짓 아무렇지 않은 척 대꾸했다.

"감독님 잘 지내시는지 궁금해하시던데……"

여진은 민수에게 김 감독의 안부에 대해 이것저것 물었다. 그날 이후로 여진은 김 감독에게 미안해 먼저 연락을 하지 못했고, 아무것도 모르는 최 피디가 들러 김 감독이 아프다는 이야길 했다. 여진은 김 감독이 괜찮은지 걱정했다.

"커피 드시러 한번 가보시지."

"내가 거길 어떻게 가냐."

"카페 사장님이 그냥 전처럼 지내자 하셨다면서요."

"그게 말이 되냐?"

"말이 안 될 게 뭐 있어요? 저랑 보리처럼 지내시면 되잖아요."

민수는 보리와 친구 관계를 조금씩 회복하고 있는 중이다. 예전처럼 자주 연락을 하고 대화를 나누는 건 아니지만, 요즘에는 만나면 인사도 하고 지낸다. 민수는 보리와 다시 친하게 지내고 말 거라고 말했다.

"너희는 애들이니까 그게 가능한 거야."

김 감독이 입을 비죽거리며 말했다.

"어른들의 관계는 애들처럼 쉽지가 않아."

"저희들도 꽤 어렵거든요."

"너희들이 어려워 봤자지. 어른이 되면 아주 복잡하단다. 그렇게 간단하지가 않아."

민수가 미간을 찌푸리며 김 감독을 바라보았다. 민수가 김 감독을 좋아하는 이유 중에 하나가 어른인 척하며 아이를 무시하지 않아서다. 하지만 지금 김 감독은 다른 재미없는 어른처럼 굴었다.

"감독님, 할아버지 같아요."

"뭐?"

"됐어요. 할아버지하고는 말이 안 통해요."

민수는 메롱 하고 혀를 내민 후, 탁자 위에 다 먹은 호두과자 종이와 접시를 치우기 시작했다. 김 감독도 일부러 큰 소리로 "나도 됐다, 됐어! 흥, 애송이 주제에!" 하고 말한 후 책상 앞에 가서 앉았다.

잠시 후 민수가 거실로 나왔다. 민수는 김 감독 책상 위에 커피잔을 내려놓고 탁자 앞에 가서 앉았다. 커피를 가져다 달라고 부탁받은 건 아니지만, 아까 김 감독이 주스를 거의 마시지 않은 것을 봤다.

김 감독은 양손을 활짝 펴 커피 잔을 감싸 들었다. 양손이 따뜻해지면서 몸에도 온기가 돌았다. 한 모금 마셨더니 몸은 나른하지만 정신은 맑아졌다.

"참, 너한테 물어보고 싶은 게 두 가지 있는데……"

"뭔데요?"

"네 필명 리피 말이다. 무슨 뜻이냐?"

김 감독은 지난번부터 물어보려고 했지만 계속 깜박 잊고 물어보지 못했다.

"감독님, 기분 나빠 하지 마세요."

"내가 왜?"

"사실 리피는 리틀 피터라는 뜻이에요."

민수가 김 감독을 똑바로 바라보지 못한 채 수줍게 말했다.

"그러냐?"

화가 나기는커녕 실실 웃음이 나왔다. 김 감독은 그 모습을 민수에게 보여주지 않기 위해 커피 잔을 든 채 창가 쪽으로 걸어갔다. 그러고는 민수에게 등을 돌린 채 계속 창밖을 보는 척했다.

"두번째 질문은 뭐예요?"

"아니다. 됐어."

아무래도 두번째 질문을 할 필요는 없을 것 같다. 자신과 데보라 중에 누굴 더 좋아하냐는 질문을 하려고 했다. 하지만 데보라를 자기보다 더 좋아했으면 필명을 리피가 아닌 리데로 했을 거다. 김 감독은 아무렴 내가 그 고등학생 작가보다 낫지 싶으면서도 흘러나오는 기쁨을 감출 수 없었다.

현관문이 열리는 소리가 들렸다. 컴퓨터를 끄고 거실로 나간 민수는 엄마에게 고개를 꾸벅 숙여 인사를 했다.

"다녀오셨어요."

"응."

민수가 나와 먼저 인사를 하자 엄마는 조금 놀란 듯했다. 요즘 계속 한집에 지내면서도 서로 알은척도 하지 않고 말도 걸지 않았기 때문이다.

"저녁은 드셨어요?"

"응."

잠시 뒤 엄마는 "너는?"이라고 물었다.

"저도 먹었어요. 저기 엄마, 저 할 말 있는데……"

엄마가 그대로 방으로 들어가려고 해 급하게 엄마를 불렀다. 엄마가 소파에 가서 앉았고, 민수도 엄마 옆으로 가서 앉았다.

"할 말이 뭔데?"

"저 인터뷰해요."

"무슨 인터뷰?"

민수는 인터뷰에 대해 설명했다. 엄마에게 자신의 웹툰이 인기가 있다는 걸 알려주고 싶었다. 그런데 민수의 이야기를 들은 엄마는 아무 말도 하지 않았다. 엄마의 표정은 조금의 변화도 없었다.

"그걸 왜 나한테 말하는데? 네 인생 네가 알아서 살겠다며?"

엄마의 반응에 민수는 움츠러들었다. 엄마는 아직 화가 풀리지 않았나 보다.

"뭐, 재밌긴 하더라."

"네?"

엄마는 민수가 그린 「맹맹과 마요」를 찾아봤다고 말했다.

"주민수, 나중에 너 후회해도 엄만 몰라. 그때 가서 웹툰 그릴 때 왜 안 말렸냐고 하면 안 돼."

"그럴 일 없어요."

"네가 어떻게 확신해? 살아보지도 않고."

그건 엄마 말이 맞긴 하다. 민수는 다르게 대답했다.

"엄마 원망은 절대 안 할게요."

민수는 엄마가 웹툰 그리는 걸 반대하지 않는다는 것만으로도 기뻤다.

"이제 나도 내 인생 살 거야. 연애도 하고 그러려고."

"저도 엄마가 그랬으면 좋겠어요."

"네가 반대하는 남자라도 엄마가 좋으면 만날 거야."

민수가 괜찮다고 대답했다.

"그런데 넌 엄마가 반대하는 여자는 만나지 마. 최소한 그것만은 해줘야 해."

민수는 알겠다고 대답했다. 그 정도는 엄마에게 해줄 수 있을 것 같았다. 당장은 너무나 먼 미래의 일이기에 깊게 생각하지 않았다.

신문사 1층에 도착한 민수는 주변을 두리번거렸다. 4시에 이곳에서 기자를 만나기로 했다. 아무래도 기자가 엘리베이터를 타고 내려올 것 같아 엘리베이터가 어디 있는지 찾았다.

앞쪽에 많이 보던 사람이 있다. 민수와 10미터쯤 떨어진 곳에 데보라가 서 있다. 민수는 심장이 두근거렸다. 데보라는 사진보다 훨씬 더 말랐다. 얼굴이 작고 팔다리가 길쭉한 게 꼭 아이돌 같다. 빨간 체크무늬 남방에 청바지를 입었을 뿐인데도 멋지다. 데보라가 워낙 옷을 잘 입어 그 스타일을 따라 하는 남자애들도 상당하다. 데보라 팬 중에 10대 여학생이 많은 게 이해가 갔다. 데보라의 매력적인 외모가 인기에 한몫했다.

데보라를 힐끔힐끔 훔쳐보고 있는데, 어떤 남자가 데보라에게 다가가 인사를 했다. 남자는 휴대폰을 꺼내 어디론가 전화를 걸었고 민수의 휴대폰 벨이 울렸다. 민수는 전화를 받으면서 데보라와 남자 쪽으로 다가갔다.

"네가 리피니?"

"네. 안녕하세요."

민수는 자기도 모르게 아주 큰 소리로 인사를 했다. 데보라와 마주 서 있다는 사실만으로 무척 흥분이 되었다. 남자는 그 후로 세 번의 전화를 더 걸었고, 근처에 있던 세 사람이 이쪽으로 모였다.

"오늘 인터뷰는 12층 회의실에서 할 거야."

남자는 데보라와 이야기를 주고받으며 앞장섰고, 민수를 비롯한 네 사람은 그 뒤를 따랐다. 나머지 세 사람은 누가 누군지 모르겠다. 데보라를 제외하고 얼굴이 알려진 사람은 없다.

엘리베이터가 12층에 도착했다. 남자를 따라 회의실로 들어갔다.

회의실 안에는 기다란 회색 탁자가 놓여 있고, 양쪽으로 여섯 명씩 앉을 수 있었다. 기자 옆에 데보라와 좀 나이가 있어 보이는 남자가 앉았고, 나머지 세 사람이 그 맞은편에 앉았다. 아쉽게도 민수는 데보라 바로 앞자리가 아닌 왼편 대각선 쪽에 앉게 되었다.

인터뷰 시작 전에 기자는 녹음을 해야 한다며 휴대폰 녹음 버튼을 눌렀다.

"제가 박석우 기자예요. 다들 전화로 통화했죠? 이쪽은 다들 알다시피 「여기 누가 있어?」의 데보라, 그 옆은 「환상고교」의 사사모, 또 여긴 「좀비학교」의 설하, 「지구가 사라졌어」의 영맨, 「맹맹과 마요」의 리피예요."

인터뷰 중이라 그런지 기자는 처음 만났을 때와 달리 높임말을 썼다. 다섯 명은 고개를 숙여 서로에게 가볍게 인사를 했다. 데보라와 사사모, 설하는 프로 웹툰 작가이고, 영맨은 민수와 같은 아마추어 작가다. 민수는 그림으로만 알던 작가들을 이렇게 만나니 신기하기만 했다. 설하는 그림이 좀 거칠어서 남자인 줄 알았는데 여자고, 사사모는 무서운 만화 내용과 달리 귀엽게 생겼다.

"제가 쓰려는 기사는 10대 웹툰 작가 특집이에요. 웹툰의 주 독자층이 10대이고, 요즘엔 10대 창작자도 많이 늘어나는 추세더라고요. 부담 갖지 말고 왜 웹툰을 그리게 되었는지, 좋아하는 웹툰이 뭔지, 앞으로 어떤 웹툰을 그리고 싶은지 자유롭게 이야기하면 돼요."

기자의 말이 끝난 후 회의실이 썰렁해졌다.

"왜 다들 그렇게 얼어 있어요? 앞에 놓인 과자 좀 먹으면서 긴장 풀어요."

탁자 위에 음료수와 과자가 차려져 있다. 민수가 초코칩 쿠키를 하나 집어 들었는데 아무도 과자에 손을 대지 않았다. 이걸 먹어야 할지 그대로 내려놓아야 할지 고민하던 차에, 기자가 민수를 가리키며 말했다.

"리피는 중학교 2학년이야. 맞지?"

기자의 말에 다들 우와!라고 감탄하거나 어쩐지 어려 보였다며 한마디씩 했다. 그래 봐야 고작 서너 살 차이 나는 건데, 고등학생들은 중학생을 무척 어리다고 여긴다.

"리피가 먼저 말해볼래?"

민수는 쿠키를 탁자 위에 내려놓았다. 민수라는 이름이 아닌 필명 리피로 불리니 어색하면서도 재미있었다.

"음, 제가 웹툰을 그리게 된 건 만화 보는 걸 좋아해서예요. 전 웹툰, 만화책, 애니메이션 다 좋아해요. 만화를 볼 때면 마치 제가 만화 속 주인공이 된 것 같아요. 새로운 인생을 사는 기분이에요. 많이 보다 보니까 저도 그리고 싶다는 생각을 했고, 그래서 「맹맹과 마요」를 그렸어요. 「맹맹과 마요」는 중학생 남자애들 이야기인데, 제가 경험한 이야기가 사실 많아요."

민수가 먼저 이야기를 시작하자, 민수 옆자리에 앉은 영맨도 자신도 비슷하다고 했다. 영맨은 자기가 새로운 세상을 만들어내는 게 재미있다고 했다.

다들 자연스럽게 왜 웹툰을 그리게 되었는지 이야기했다. 만화를 너무 좋아하거나 만화 그리는 게 재미있어서가 웹툰을 그리게 된 공통의 이유였다면, 좋아하는 웹툰이나 앞으로 그리고 싶은 웹툰은 확연히 달랐다. 민수는 지금은 생활 웹툰을 그리지만 나중에 기회가 된다면 엉뚱한 히어로들이 등장하는 히어로물을 그리고 싶다고 했고, 미스터리 추리물을 그리는 데보라는 의외로 생활 웹툰을 그리고 싶다고 했다. 처음에 쑥스러워하던 것과 달리 다들 말을 잘했다. 사진 기자가 들어와 인터뷰 중간에 계속 사진을 찍었다.

"참 닉네임은 다들 무슨 뜻이에요? 독자들이 그걸 궁금해하더라고요."

데보라는 자신이 좋아하는 만화 속 주인공 이름에서 따왔다고 했고, 영맨은 노안인 얼굴이 싫어서 필명만큼은 젊어지고 싶어 영맨을, 사사모는 진짜 아무 생각 없이 즉석에서 지은 이름이었고, 설하는 본명에서 성만 떼어냈다고 했다.

"리피는 무슨 뜻이에요?"

기자가 물었다.

"제가 피터 김 감독님을 좋아하거든요. 피터 김 감독님처럼 되고 싶은 마음에 리틀 피터, 리피로 지었어요."

민수가 김 감독처럼 되고 싶은 이유는 그의 유명세 때문이 아니다. 김 감독은 만화 이야기를 할 때면 언제나 어린아이처럼 신이 나 있다. 그런 김 감독의 모습을 너무나 닮고 싶다.

김 감독 이야기가 나오자, 다들 김 감독의 만화를 좋아한다고 했다.

"근데 그 감독 엄청 괴짜 아냐? 성격 무지 괴팍하다고 하던데?"

"맞아. 그래서 결혼 한번 못 했다고 들었어."

"우와, 정말? 하긴 영화 보면 엄청 깐깐할 거 같긴 해. 스태프들 피 말리게 만든다 하더라고."

"맞아. 피터 스튜디오 직원들, 피터 김 감독 때문에 엄청 그만둔다고 했어."

다들 김 감독에 대해 한마디씩 했는데, 대부분 다 나쁜 이야기였다. 확인되지 않은 떠도는 루머에 불과한 것도 많았다.

"아니에요. 김 감독님 스태프 다 10년 이상씩 된 분들이세요. 김 감독님 전혀 괴팍하지 않아요. 그냥 조금 까다로운 거지."

민수는 과연 조금이 맞을까 의심이 되긴 했다. 하지만 김 감독은 자신의 직원과 제자 들을 끔찍하게 챙겼다. 어제 민수가 작업실에 들렀을 때 김 감독은 기분이 좋지 않아 보였다. 왜 그러냐고 물어보니, 제자 감독 기무라가 잠적을 했다며 계속 안절부절못했다. 말로는 기무라 감독이 나약하다며 뭐라고 했지만, 내내 기무라 감독의 장점에 대해, 그렇게 섬세하고 꼼꼼한 작업을 하는 감독은 두 번 다시 탄생하지 못할 거라며 칭찬했다.

"리피, 네가 피터 김을 알아? 꼭 만나본 사람처럼 말한다?"

영맨이 웃으면서 농담으로 받아쳤다.

"만나봤어요."

"어떻게?"

"제가 여름방학 때 피터 김 감독님의 심부름하는 알바를 했거든요. 김 감독님, 사람들이 생각하는 것처럼 이상한 분 절대 아니에요."

민수는 김 감독이 오해받는 게 싫다. 왜 다들 김 감독한테 괴팍하다고 하는지 모르겠다. 감독이 작품으로만 평가받으면 되지, 개인적 성격까지 대중들 입에 오르내릴 필요는 없다,라는 김 감독의 지론을 떠올리며 민수는 억울함을 느꼈다.

"어어, 진짜? 무슨 알바?"

"그냥 잔심부름이요."

"그걸 어떻게 하게 됐는데?"

"어쩌다 보니 하게 됐어요."

민수는 대강 둘러댔다. 최 피디는 누구에게도 불법 다운로드와 관련된 일을 이야기하지 말라고 했다. 만약 주변 사람들이 김 감독과 어찌 아느냐고 물어보면, 최 피디와 먼 친척이라 소개받았다고 말하기로 했다.

한 시간 반 정도 지난 후 인터뷰가 끝났다. 다들 말을 너무 잘해 민수는 몇 마디 하지도 못했다. 하고 싶은 말이 있었지만 끼어들 틈이 없었다. 웹툰의 유료화와 웹툰 작가들의 에이전시 설립 등 민수는 한 번도 생각해보지 못한 문제에 대한 이야기도 나왔다. 민수는 다른 사람들이 하는 말을 고개를 끄덕이면서 듣기만 했다.

인터뷰가 끝난 후 가방에서 준비해온 데보라의 만화책을 꺼냈다. 조심스럽게 데보라에게 사인을 해줄 수 있느냐고 물었다. 데보라는 책 맨 앞장에 '맹맹과 마요 파이팅!'이라고 적어주었다. 그러곤 다음에 또 보자는 말을 남기고 먼저 나갔다.

민수는 데보라의 만화책을 가슴팍에 안고 회의실에서 나왔다. 엘리베이터 쪽으로 걸어가는데 화장실에 가고 싶었다. 인터뷰 도중 음료수를 너무 많이 마셨나 보다. 민수는 1층으로 내려가기 전에 화장실로 들어갔다.

볼일을 보고 나오는데 박 기자와 마주쳤다.

"아까 이야기 많이 못 해서 아쉽지?"

"네, 조금요."

"그럼 잠깐만 더 인터뷰할래? 시간 돼?"

"네!"

민수는 좋다고 고개를 여러 번 끄덕였다.

실수와 잘못 사이

기무라에게 메일이 왔다. 잠적한 지 10일 만이다. 메일에는 딱 두 줄이 적혀 있었다.

감독님, 도와주세요.
지금 제게 감독님이 필요해요.

김 감독은 안도의 숨을 내쉬었다. 편집 작업을 하던 기무라 감독은 담당 피디와 싸운 후 계속 연락이 되지 않았다. 직원들이 집으로 찾아갔지만 비어 있고, 오사카에 사는 기무라의 부모님과도 연락이 되지 않는다고 했다. 개봉을 내년 2월 초로 잡아두었기에 영화 작업을 마무리하는 일도 중요하지만, 혹여 마음 약한 기무라 감독이 나쁜 마음을 먹는 게 아닐까 싶어 걱정이 되었다. 김 감독이 기무라에게 휴대폰으로 문자를 남기고 메일을 보냈지만 며칠째 답이 오지 않았다.

김 감독은 기무라에게 당장 갈 테니 기다리라는 메일을 보낸 후 최 피디에게 전화를 걸었다. 일본으로 돌아가는 비행기 표를 예약해달라고 부탁했다. 지난주 대학 특강이 끝났다. 내일모레 수업을 들었던 학생들과 함께 점심을 먹기로 했지만, 아무래도 취소해야 할 듯싶다.

"오늘 오후 8시에 김포에서 출발하는 비행기가 있대요. 그거 타실래요?"

최 피디는 항공사와 동시에 통화하면서 물었다.

"응. 되도록 빨리 가봐야지. 그거로 예약해줘."

김 감독은 자령에게 전화를 걸어 사정을 말한 후, 오늘 일본으로 들어가야 한다고 전했다. 언제 돌아올 거냐고 묻는 자령에게 김 감독은 일이 해결된 후 연락하겠다고 했다.

김 감독은 당장 필요한 물건만 우선 챙겼다. 나머지는 최 피디가 정리해서 가져올 거다.

비행기를 타기까지 시간이 좀 남았다. 김 감독은 인터넷 포털 사이트에 접속했다. 오늘은 「맹맹과 마요」의 새 만화가 업데이트 되는 날이다. 검색창에 맹맹까지 쳤는데, 아래 기사 제목에 익숙한 이름이 보였다.

세계가 주목하는 한국인 감독 열전 3: 피터 김

누군가 자신을 대상으로 기획 기사를 썼나 보다. 마우스를 움직여 그 기사를 클릭했다. 김 감독은 인터뷰는 싫어하지만, 다른 사람들이 자신에 대해 뭐라고 이야기하는지는 꽤 궁금하게 여긴다.

기사를 죽 읽어 내리던 김 감독은 의자에 비스듬히 기울인 몸을 점점 똑바로 일으켜 세웠다.

지금 피터 김이 작업 중인 영화는 「우주에서 온 이다」(가제)로 지구에 불시착한 우주 소녀 이다와 지구 소년 지로의 우정을 그린 이야기다. 새로운 이야기라기보다 고전적인 스토리에 가깝지만, 피터 김 감독이 시나리오를 맡았기에 기대를 할 수밖에 없다. 어떤 영상미로 우리를 놀라게 할지 기다려보자.

김 감독은 제일 먼저 언론사와 기자 이름을 확인했다. 한서일보의 박석우는 아는 기자도 아니고, 김 감독은 어디에서도 현재 작업 중인 영화에 대해 이야기한 적이 없다. 영화사에서도 아직 기획 중인 영화에 대해 이야기를 흘릴 리 없다. 급하게 최 피디에게 전화를 걸었다.

"감독님, 표 예약했어요. 제가 4시까지 모시러 갈게요."

최 피디는 김 감독이 일본으로 돌아가는 일 때문에 연락을 한 줄로 알고 있었다. 김 감독은 인터넷에 뜬 자신의 기사에 대해 이야기했다. 최 피디는 지금 바로 확인하겠다 했고, 김 감독은 휴대폰을 귀에 댄 채 기다렸다.

"이게 어떻게 된 건지 모르겠네요."

"자네가 이야기했나?"

언론이나 배급사와 자주 접촉하는 사람이 최 피디다. 다른 이야기를 하다가 자기도 모르게 나왔을 수도 있다.

"아뇨. 그럴 리가요. 제가 왜요. 절대 아니에요."

최 피디가 펄쩍 뛰었다. 김 감독이 제일 싫어하는 일을 왜 하겠느냐며 말이다. 최 피디는 기자에게 직접 전화를 걸어 알아보겠다고 말한 후 전화를 끊었다.

김 감독은 의자에서 일어나 거실을 왔다 갔다 했다. 어디서 이야기가 흘러나간 걸까. 스튜디오에서 이야기가 나왔을 리는 없다. 김 감독은 다시 컴퓨터 앞으로 가서 기사를 찬찬히 읽었다. 누군가가 실수로 흘렸다고 하기에는 기사에서 영화 제목까지 정확하게 언급하고 있다.

하교하던 길에 최 피디의 연락을 받은 민수는 얼굴이 하얗게 질렸다.

"박 기자 말로는 네가 이야기했다던데, 맞니?"

"아, 그게요. 제가 말한 게 맞긴 한데, 정말 기자님이 그 이야기를 기사로 썼어요?"

"응. 신문에도 나오고, 인터넷 포털에서도 볼 수 있어. 지금 감독님 엄청 화나셨어."

민수는 다시 연락하겠다고 말하고 전화를 끊었다. 옆에서 친구들이 무슨 일이냐고 물었지만 민수는 대답 대신 떨리는 손으로 휴대폰 버튼을 눌렀다. 박석우 기자에게 전화를 걸었지만 받지 않았다. 열 번 이상 전화를 걸었지만 전화를 받을 수 없다는 기계 연결음만 계속 흘러나왔다.

"나 먼저 갈게."

아무래도 직접 박 기자를 만나야 할 것 같다. 민수는 신문사로 향했다.

신문사에 도착할 때까지 박석우 기자는 계속 전화를 받지 않았다. 출입증 없이 엘리베이터를 타는 건 불가능하다. 민수는 로비에 있는 안내 데스크로 가서 지난번 박석우 기자에게 받은 명함을 내밀었다. 기자님을 만나기로 해서 왔는데 연락이 안 된다고 하니, 안내 데스크에 있던 경비원 아저씨가 어디론가 전화를 걸었다.

잠시 후, 박석우 기자가 내려왔다.

"무슨 일이니?"

"왜 전화 안 받으세요?"

"전화했었니? 기사 쓰고 있는 중이라 몰랐어."

박석우 기자는 휴대폰을 꺼내 보며 혼잣말로 전화했었네,라고 말했다.

"김 감독님 이야기 안 쓰신다고 했잖아요. 제가 여러 번 말했잖아요. 절대 쓰시면 안 된다고요."

지난주 다른 웹툰 작가들과 함께하는 인터뷰가 끝나고, 민수는 혼자 추가 인터뷰를 했다. 「맹맹과 마요」 이야기를 하며 박석우 기자는 슬쩍 피터 김에 대해 물었다. 김 감독이 언제까지 한국에 있을 예정인지, 지금 하고 있는 작업이 무언지 아느냐고 물었다. 박 기자는 자신이 개인적으로 피터 김의 오래된 팬이라 궁금해서 묻는 거라고 했다. 그러면서 좋아하는 김 감독의 영화에 대해 이야기했다. 박 기자는 「바람의 아이」를 좋아한다 했고, 피터 김이 은퇴한다는 이야기가 있는데 진짜냐고 물었다. 민수는 아니라며 지금도 작업 중이라고 말했다. 그러면서 「우주에서 온 이다」 이야기를 조금 했다. 인터뷰가 끝나고 집에 온 민수는 걱정스러운 마음에 박 기자에게 문자를 보냈다. 절대로 김 감독 이야기를 기사로 쓰면 안 된다고 부탁했다.

"제가 문자로도 부탁드렸잖아요."

"네가? 언제?"

민수는 휴대폰을 꺼내 박 기자와 주고받은 문자를 찾았다.

기자님, 아까 제가 부탁드린 거 꼭 지켜주세요.^^

—응, 걱정 마라.

민수는 휴대폰을 박 기자 앞에 내밀었다.

"여기요. 기자님도 분명 저한테 걱정 말라고 하셨잖아요."

"이건 네가 인터뷰 기사 잘 써달라고 부탁한 거잖아."

문자 어디를 봐도 자세한 부탁 내용은 나오지 않았다. 민수는 답답해 죽을 것 같았다. 갑자기 휴대폰 녹음이 떠올랐다.

"녹음한 거 있으시잖아요. 그거 들어보시면 아실 거예요. 제가 부탁한 거요."

"없어. 지웠어."

"지웠다뇨?"

"녹음 파일을 어떻게 다 가지고 있겠니? 기사 쓴 건 지운다고. 그리고 설사 그게 있더라도 그걸 너에게 들려줄 의무는 없어. 애야, 내가 지금 바쁘거든. 취재 가야 해."

박 기자가 떠나려고 해서 민수는 박 기자 팔을 잡았다.

"제발요. 기사 내려주세요. 그리고 감독님한테 사실대로 말씀해주세요. 제가 쓰지 말라고 부탁했다는 걸요."

"얘, 자꾸 왜 이러니. 고작 차기작 내용 쓴 게 무슨 대수라고 다들 이러는 거야? 하루 종일 귀찮아 죽겠네."

박 기자가 민수의 팔을 뿌리쳤다.

"감독님은 그거 엄청 싫어하신단 말이에요. 제발요."

"다른 감독들은 그런 거 신경도 안 써. 피터 김의 괜한 결벽증이라고."

안내 데스크에 있던 경비원이 다가와 민수를 떼어냈다. 로비에 있던 많은 사람들이 민수와 박 기자 쪽을 바라보고 있었다. 경비원이 민수의 양팔을 꽉 붙잡고 있는 바람에 민수는 움직일 수 없었다.

박 기자가 1층 밖으로 나간 후에야 경비원은 민수를 놓아주었다. 민수는 다리에 힘이 풀려 그대로 주저앉을 뻔했고, 경비원이 민수의 어깨를 잡았다.

"너 괜찮니?"

민수는 아무 대답도 하지 않은 채 자신을 잡고 있는 경비원의 손을 거둬냈다. 이러고 있을 때가 아니다. 민수는 지금 당장 가야 할 곳이 있다.

어쩌면 별일 아닐지도 모른다. 박 기자의 말대로 다른 감독들은 문제 삼지도 않는 일이니, 김 감독 역시 대수롭지 않게 여길 수도 있다. 김 감독 작업실로 가고 있는 민수는 계속해서 괜찮을 거라 되뇌었다. 김 감독은 화를 낼 테지만, 여느 때처럼 다시 화를 거둘 거다. 김 감독은 자주 그러니까. 괜찮다, 괜찮아. 가서 실수였다고 말하자. 그러면 될 거다. 그런데 민수 마음에 불안감이 가시지 않았다. 민수의 심장이 아주 빠르게 쿵쿵 뛰었다.

김 감독 작업실 앞에 도착한 민수는 심호흡을 길게 여러 번 한 후 현관문 비밀번호를 눌렀다.

집 안으로 들어섰을 때 김 감독이 소리를 버럭버럭 지르며 화를 내고 있었다. 김 감독 앞에는 최 피디가 서 있다.

"감독님, 저 왔어요."

민수는 조심스럽게 거실 안으로 발을 들였다. 차마 김 감독의 얼굴을 똑바로 바라볼 수 없어 고개를 숙인 채 김 감독에게 다가

갔다.

“죄송해요, 감독님. 그런데 제가 분명히 기자님한테 부탁했거든요. 절대로 기사로 쓰면 안 된다고요. 진짜예요.”

“너, 그 박석우 기자 잘 아는 사람이니?”

김 감독은 언제 화를 냈냐는 듯 가라앉은 목소리로 차분하게 물었다. 다행히 화가 많이 난 것 같아 보이지 않았다. 민수는 조금 안심이 되었다.

“아, 아뇨. 지난번 저 인터뷰한 기자님이세요.”

“너는 왜 잘 알지도 못하는 사람한테 내 이야기를 하고 다니니?”

“기자님이 감독님 팬이라며 묻기에 저도 모르게 이야기했어요. 막 감독님이 은퇴하실 것처럼 말해서 아니라는 걸 알려주고 싶었어요. 정말 죄송해요. 제가 실수했어요.”

민수는 김 감독 앞으로 한 발짝 더 다가갔다.

“그러니까 이제 그만 화 푸세요. 네에?”

민수는 만화 속 성우의 코맹맹이 목소리를 흉내 내어 애교스럽게 말했다. 민수가 이 목소리를 내면 김 감독은 허허 하고 자주 웃었다.

“네가 뭔데?”

“네?”

“네까짓 게 뭔데 내 이야길 하고 다녀? 너는 내가 고용한 알바생이야. 그것도 네가 돈이 없다고 하도 사정하는 게 불쌍해서 고소 취하해주려고 그런 거고. 그런데 네가 은혜를 이렇게 갚니?"

김 감독은 조금도 화를 내지 않은 채 이야기를 했고, 최 피디는 생각보다 상황이 심각함을 느꼈다. 김 감독이 정말로 화가 났을 때는 오히려 화를 내지 않는다는 걸 최 피디는 잘 알고 있다. 김 감독이 말로 자근자근 밟을 때야말로 사람을 가장 질리게 만든다. 최 피디는 조마조마했다.

"감독님, 그만하세요."

"자넨 가만있어!"

김 감독이 매섭게 최 피디를 노려보았다. 최 피디도 김 감독을 말릴 수 없었다.

"뭐 실수? 네가 한 걸 실수라고 생각하니? 그건 실수가 아니라 잘못이야. 실수는 너 같은 처지도 모르는 녀석을 내 옆에 둔 걸 말할 때 쓰는 거지. 주제도 모르는 너와 상대를 한 내가 실수한 거야. 그러니 누굴 탓하겠니."

민수는 서슬이 퍼런 김 감독이 너무 무서웠다. 김 감독이 화내는 걸 옆에서 자주 봤지만 오늘처럼 심한 적은 없었다. 김 감독 쪽으로 시선을 두는 것도 두려워 고개를 왼쪽으로 돌렸는데, 김 감독 책상 위에 구겨진 종이가 눈에 들어왔다. 민수가 그린 김 감독 얼굴이다.

"정말로…… 저를…… 불쌍하게…… 보셨어요?"

민수는 떨리는 목소리로 한마디 한마디 간신히 내뱉었다.

"응. 그런데 이젠 네가 불쌍하지도 않단다. 최 피디, 그거 줘서 보내. 얼른."

최 피디는 망설였지만 김 감독이 화를 내는 바람에 하는 수 없이 들고 있던 봉투를 민수에게 내밀었다. 김 감독은 고개를 돌려 민수를 쳐다보지도 않으면서 말했다.

"방학 이후로 네가 여기 와서 일한 보수다. 그거 받고 그만 가렴. 너와의 계약은 이제 끝났다."

민수는 받지 않으려고 뒷걸음질 쳤다.

"필요 없어요. 저도 다신 감독님 만나러 안 올 거예요!"

민수가 소리를 질렀고, 김 감독은 두 주먹을 꽉 쥔 채 바르르 떨었다. 민수는 몸을 돌려 작업실에서 뛰쳐나갔다.

"꼭 그렇게까지 하셨어야 했어요?"

민수가 나간 후 최 피디는 아무래도 김 감독이 너무 심하게 말한 것 같다고 했다.

"이제 그만 출발해야지. 비행기 시간 늦겠어."

소파에서 일어난 김 감독은 짐 가방을 들었다.

"주세요. 제가 들게요."

최 피디가 김 감독의 가방을 대신 들었다. 차에 탄 김 감독은 뒤 한번 돌아보지 않았다.

민수가 다시 김 감독 작업실을 찾아온 건 일주일이 지나서다. 토요일 아침, 민수는 일어나자마자 이곳으로 왔다.

지난 일주일간 마음이 너무나 아팠다. 김 감독이 민수에게 퍼부었던 한마디 한마디가 떠오르면 심장이 조여드는 기분이었다. 그날, 김 감독 작업실을 뛰쳐나오며 눈물이 나려는 걸 이를 악물고 간신히 참았다.

민수는 일주일 내내 너무 속이 상해 밤에 잠도 오지 않았다. 잠이 들었다가도 김 감독의 말이 떠올라 벌떡벌떡 깼다. 자다가 아악~ 하고 소리를 지르면, 엄마가 무슨 일이냐고 민수 방으로 뛰어온 일도 몇 번 있었다. 박 기자에게 김 감독이 작업 중인 영화에 대해 말한 건 백번 민수가 잘못한 일이다. 하지만 김 감독에게 그런 말을 들은 건 너무 억울하다.

김 감독을 만나야겠다. 꼭 다시 만나서 이야기를 해야만 한다. 아직 8시밖에 되지 않은 이른 시간이지만 민수는 현관문 벨을 눌렀다. 몇 번 눌렀지만 안에서 반응이 없었다. 직접 문을 열고 들어갈 수밖에 없을 것 같아 비밀번호를 눌렀다.

틀렸습니다,라는 기계음이 나왔다. 잘못 눌렀나 싶어 다시 한 번 눌렀다. 역시 틀렸다고 나왔다. 비밀번호를 바꾸었나 보다. 이른 시간이라 김 감독은 아직 자고 있을 거다. 민수는 김 감독이 일어날 때까지 기다리려고 현관문 앞에 기대어 앉았다.

11시가 지나 다시 벨을 눌렀다. 이번에도 안은 조용하다. 감독님이 어제 외출하셨다가 안 들어오신 걸까? 혹시 지난번처럼 쓰러져 계신 게 아닐까? 민수는 걱정스러운 마음에 휴대폰을 꺼냈다. 손이 얼어 버튼이 잘 눌리지 않았다. 김 감독에게 전화를 걸어보니 전원이 꺼져 있다고 나온다. 민수는 마음이 더 조급해졌다.

이번에는 최 피디에게 전화를 걸었다.

"여보세요."

"저 민수예요. 김 감독님 작업실 문이 닫혀 있어서요."

"아, 감독님 일본 가셨어."

"네? 왜요? 다음 달에 가신다고 하지 않았어요?"

"스튜디오에 일이 좀 생겼거든."

"그럼 언제 다시 오세요?"

"그건 잘 모르겠다."

최 피디는 당분간은 돌아오시기 힘들 것 같다며, 민수에게 그나저나 괜찮으냐고 물었다. 민수는 네,라고 힘없이 대답한 후 인사를 하고 전화를 끊었다.

민수는 문손잡이를 잡고 흔들었다. 문은 꽉 닫혀 있어서 손잡이를 흔들수록 민수의 손만 아팠다. 하지만 민수는 계속 손잡이를 잡은 채 문을 억지로 열려고 했고, 뭉툭한 쇠 손잡이에 손바닥 근육이 세게 부딪혔다. 손바닥이 붉게 부풀어 올랐다. 민수는 아랑곳없이 계속해서 손잡이를 잡아당겼다.

그가, 가버렸다.

자신과의 약속을 어긴 채 기사를 쓴 박 기자가 원망스러웠고, 민수의 말은 들어보지도 않고 화를 낸 채 떠나버린 김 감독이 미웠다. 가장 싫은 건 바로 민수 자신이다. 민수는 자신에게 가장 많이 화가 났다.

"미안해요, 감독님. 정말정말 미안해요."

민수는 문손잡이를 양손으로 꽉 그러잡은 채 김 감독을 향한 혼잣말을 내뱉었다. 참았던 눈물이 그제야 터져 나오기 시작했다.

에필로그

내 친구 민수에게

방학식이 끝난 후 민수는 곧바로 극장으로 향했다. 오늘 보리와 만나 영화를 보기로 했는데, 담임의 종례가 길어지는 바람에 늦었다. 아무래도 영화 시작 시간에 맞춰 간신히 도착할 것 같아 보리에게 조금 늦을 것 같다는 문자를 보냈다. 보리는 이미 극장에 도착했다며 기다리고 있겠다고 했다.

방학이라고 해봐야 쉬는 날은 며칠 되지 않는다. 내일부터 곧바로 2주간 보충 수업을 하고 1주일을 쉰 후, 또다시 1주일 보충 수업을 한다. 그러면 개학이다. 고등학생의 방학은 잠시 스쳐 지나가는 것일 뿐이었다. 2학년이 되자 선생님들은 수능이 1년밖에 남지 않았다며 한목소리로 단결하여 잔소리를 했다. 아마 2학기가 되면 예비 고3 취급을 받을 거다.

상영 시간이 다 되어 극장에 도착했다. 민수를 본 보리가 손을 흔들었다. 민수는 헐레벌떡 달려갔고, 둘은 극장 직원에게 표를 보여준 후 안으로 들어왔다.

"그래도 다행이야, 안 늦어서."

"응."

영화 시작 전에 나오는 광고가 꽤 길다. 아직도 광고가 나오는 중이다.

"이거 마셔."

보리가 미리 사둔 콜라를 민수 쪽 손잡이에 꽂으며 말했다. 민수는 빨대로 길게 콜라를 들이마셨다. 탄산 때문에 목구멍이 따끔했지만, 시원한 음료 덕분에 달리면서 올랐던 열이 내리는 듯했다.

"너 기다리면서 인터넷으로 후기 찾아봤는데 다들 재밌대."

"그래?"

보리가 방학식 날 영화를 보러 가자고 했다. 알아서 보고 싶은 영화를 고르라 했더니 보리는 「우주에서 온 이다」를 골랐다. 민수가 다른 영화를 보자고 했지만, 보리는 이 영화가 가장 보고 싶다고 했다. 그러면서 민수에게 예전에 피터 김 감독을 좋아하지 않았냐고 물었다. 민수는 보리가 했던 말을 그대로 받아 외듯 "그래, 예전에"라고 대답했다. 보리는 민수와 김 감독 사이에 있었던 일을 모른다. 그때 민수와 보리는 잠시 친구를 쉬었으니까. 보리와 다시 친하게 지내게 되었을 때는 더 이상 김 감독을 만나지 않았다. 그래서 보리에게 김 감독에 관한 이야기를 한 적이 없다. 그게 벌써 3년 전 일이다.

"시작한다."

마지막 광고가 끝나면서 극장이 점차 어두워졌고, 스크린에 피터 스튜디오의 로고가 떴다.

영화가 끝났다. 두 시간의 상영 시간은 조금도 길게 느껴지지 않았다. 잔잔한 스토리임에도 불구하고 쉴 틈 없이 새로운 사건이 이어졌고, 톡톡 튀는 대사들은 영화의 강약을 조절하며 관객들을 집중하도록 만들었다. 지로와 이다의 이별 장면이 나올 때 여기저기에서 훌쩍이는 소리가 들렸다. 엔딩 장면에서 이다를 그리워하며 너른 들판을 달리는 지로의 모습은 마치 하늘을 달리는 것처럼 보였다.

화면이 줄어들며 오른편으로 엔딩 크레디트가 올라가기 시작했다. 왼쪽 영상에서 달리는 지로의 모습과 영화음악이 아주 잘 어울렸다. 한 편의 뮤직비디오를 보는 듯해 일어로 된 엔딩 크레디트가 올라가는 중에도 대부분의 관객들이 자리를 뜨지 않았다. 보리도 옆에서 계속 훌쩍였다.

엔딩 크레디트가 거의 다 올라간 후, 가장 마지막으로 올라오는 문구에 민수는 고개를 앞으로 죽 내밀었다. "내 친구 민수에게"라는 한글로 된 문구가 아래에서부터 위로 올라가며 화면을 가득 채웠다. 민수는 침을 꿀꺽 삼켰다.

"진짜 피터 김 감독 자아도취 대단하다."

극장을 나오며 보리가 말했다.

"왜?"

"어떻게 엔딩 크레디트에 저렇게 쓸 수 있지? 김 감독 본명이 김민수라며? 자신이 만든 작품을 자신에게 바치는 감독은 피터 김이 유일할 거야. 그것도 친구라고 표하면서 말이야."

보리의 말을 듣고 보니, 김 감독은 충분히 그러고도 남을 사람이라는 생각이 들었다. 민수는 괜한 착각을 한 게 부끄러워 얼굴이 화끈거렸다.

"근데 어제 뉴스에서 앵커가 물으니까, 부끄러운지 엔딩 크레디트에 대한 질문을 얼버무리더라."

"뉴스에 나왔어? 피터 김이?"

보리는 텔레비전에서 봤다고 했다. 생방송 뉴스에 출연한 피터 김의 말투가 퉁명스러워, 이러다 앵커와 다투는 게 아닌지 시청자들이 실시간으로 SNS에 "살 떨린다" "역시 피터 김" "여기 싸우러 옴?" 등의 방송 중계 감상을 올렸다고 했다.

"아, 배고프다. 민수야, 우리 뭐 먹을까?"

보리가 핫도그 가게를 지나가며 저걸 먹지 않겠냐고 물었다.

"보리야, 미안. 나 가볼 데가 있어서. 내가 다시 연락할게."

민수는 급하게 극장 건물에서 뛰어나왔다. 어쩌면 그는 아직 한국에 있을지도 모른다.

예전 김 감독 작업실 앞에 도착한 민수는 숨을 몰아쉬었다. 벨을 누르려는데 망설여졌다. 어쩌면 더 이상 그는 한국에서 지낼 때 이곳에 머무르지 않을지도 모른다. 설사 이제 만난다고 해서 무슨 말을 할 수 있을까? 어쩌면 그 민수가 자기를 가리키는 게 아닐 수도 있다. 아무래도 괜히 온 것 같다. 민수는 고개를 뒤로 젖혀 하늘을 바라보았다. 영화를 보고 나온 직후라 잠시 괜히 말도 안 되는 감상에 젖었다. 민수는 현관 계단을 터덜터덜 내려왔다.

걸어왔던 길을 다시 되돌아 걷고 있는데, 맞은편에서 누군가가 걸어오고 있다. 그다. 키가 조금 작아진 듯했지만, 그가 작아진 게 아니라 민수가 커서 그리 보였을 뿐이다. 민수는 그대로 걸음을 멈췄다.

김 감독도 한눈에 민수를 알아보았다.

"민수야!"

김 감독이 활짝 웃으며 큰 소리로 민수를 불렀다.

"왜요?"

"잘 지냈냐?"

"당연하죠!"

민수도 최대한 크게 대답한 후 웃었다. 그냥 웃음이 나왔다. 그렇게 둘은 서로에게 한발 한발 다가섰다.

내 친구 민수가 나를 향해 걸어오고 있다.

작가의 말

여전히 잘 모르겠다. 어떻게 살아가야 할지, 어떤 게 잘 사는 건지 말이다. 지금 나이가 되면 제법 어른이 될 줄 알았는데, 별로 그렇지도 않은 듯하다. 그러다 보니 세상의 질문에 확신을 갖고 답하지 못할 때가 많다.

작가 생활을 한 지 올해로 10년째가 되었는데, 10년 내내 그랬다. 이야기를 만드는 건 너무나 재미있지만, 과연 앞으로 계속 이 일을 할 수 있을지 두렵고 불안했다. 어찌 10년 동안 같은 고민을 한 건지, 내 삶은 발전이 전혀 없었던 건가 싶다가 문득 깨달았다. 쓸데없는 걱정이었다는 걸. 나는 내일을 넘어서 내일모레까지 염려하며 살았다. 그럴 시간에 차라리 오늘을 더 즐기는 게 나았을 텐데 말이다.

미래를 위한다는 이유로 오늘을 담보 잡혀 사는 사람들이 아주 많다. 그런 어른들을 보면 조금 안타깝게 여기고 넘어가는데, 10대들에겐 미안한 마음뿐이다. 학교가 끝나고 밤 10시까지 학원에 있고, 주말에도 학원에 간단다. 왜냐고 물어보면, 내일을 위해서요, 라는 답이 돌아온다. 오늘이 즐겁지 않은 내일이 과연 누구를 위한 건가 싶다.

제대로 된 답을 못 하는 어른으로 살고 있지만, 작가 생활에 대해 한 가지만은 자신 있게 대답할 수 있다. 작가는 결코 혼자 이야기를 만들 수 없다. 이 이야기는 '노인 한 명의 지혜는 마을 도서관과 같다'는 속담과 주민수의 곤혹을 비슷하게 겪었던 내 개인적 경험담에서 시작되었고, 영화 「기쿠지로의 여름」과 드라마 「디어 마이 프렌즈」가 추동의 힘이 되어주었으며, 문학과지성사의 편집위원 선생님과 편집부 직원 들이 완성시켜주었다. 그 고마운 이들과 당신의 오늘이 즐거웠으면 좋겠다.

2017년 봄

김혜정